Limpia

Alia Trabucco Zerán

Lumen

narrativa

Papel certificado por el Forest Stewardship Council®

Penguin
Random House
Grupo Editorial

Primera edición: enero de 2023
Primera reimpresión: febrero de 2023

© 2022, Alia Trabucco Zerán
c/o Rogers, Coleridge & White Ltd.
© 2022, Penguin Random House Grupo Editorial, S. A.
Av. Andrés Bello 2299, of. 801, Providencia, Santiago de Chile
© 2023, Penguin Random House Grupo Editorial, S. A. U.
Travessera de Gràcia, 47-49. 08021 Barcelona

Fotografía de la cubierta: La editorial no ha podido contactar con Jan Hajn,
propietario de la fotografía de la cubierta, o sus herederos,
pero reconoce su titularidad de los derechos de reproducción.

Printed in Spain – Impreso en España

ISBN: 978-84-264-2411-2
Depósito legal: B-20.361-2022

Impreso en Unigraf, Móstoles (Madrid)

H 4 2 4 1 1 2

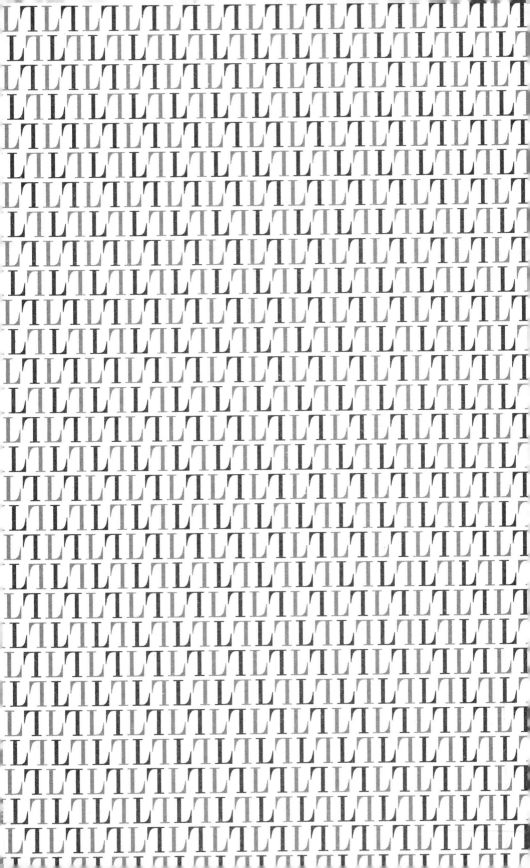

Limpia

Todo está en saber
quién limpiará a quién.

ALBERT CAMUS
La caída

Mi nombre es Estela, ¿me escuchan? Dije: Es-te-la-Gar-cí-a.

No sé si estarán grabando o tomando notas o si en realidad no hay nadie al otro lado, pero si me oyen, si están ahí, les quiero proponer un trato: voy a contarles una historia y cuando llegue al final, cuando me calle, ustedes me permiten salir de aquí.

¿Aló? ¿Nada?

Tomaré su silencio como un sí.

Esta historia tiene varios comienzos. Me atrevería incluso a decir que está hecha de comienzos. Pero díganme ustedes qué es un comienzo. Explíquenme, por ejemplo, si la noche viene antes o después que el día, si despertamos tras dormir o dormimos porque hemos despertado. O mejor, para no exasperarlos con mis rodeos, indíquenme dónde empieza un árbol: si en la semilla o en el fruto que antes envolvía a esa semilla. O tal vez en la rama de la que germinó la flor que más tarde fue ese fruto. O en la propia flor, ¿me siguen? Nada es tan sencillo como parece.

Algo similar ocurre con las causas, son tan confusas como los inicios. Las causas de mi sed, de mi hambre. Las causas de este encierro. Una causa empuja a la otra, un naipe se derrumba sobre el siguiente. Lo único cierto es el desenlace: al final nada queda en pie. Y el desenlace de esta historia es el siguiente, ¿de verdad quieren saber?

La niña muere.

¿Aló? ¿Ni una sola reacción?

Mejor lo repito, por si justo una mosca les zumbó al oído o los distrajo una idea más aguda o más estridente que mi voz:

La niña muere, ¿ahora escucharon? La niña muere y continúa muerta sin importar dónde yo empiece.

Pero la muerte tampoco es tan simple, en eso sí estaremos de acuerdo. Sucede con ella algo similar a lo que ocurre con el largo y ancho de una sombra. Cambia de persona en persona, de animal en animal, de árbol en árbol. No hay dos sombras idénticas sobre la superficie de la tierra y tampoco dos muertes iguales. Cada cordero, cada araña, cada chincol muere a su manera.

Tomemos el caso de los conejos... No se impacienten, es importante. ¿Han tenido alguna vez un conejo entre sus manos? Es como sostener una granada, una suave bomba de tiempo. Tic tac, tic tac, tic tac, tic tac. Es el único animal que con frecuencia muere de miedo. Basta el aroma de un zorro, la lejana sospecha de una culebra para que su corazón dé un respingo y sus pupilas se dilaten. La adrenalina, entonces, le da un martillazo al corazón y el conejo muere antes de que los colmillos se hundan en su pescuezo. Lo asesina el miedo, ¿entienden? Lo mata la pura anticipación. En una fracción de segundo el conejo intuye que va a morir, vislumbra cómo y cuándo. Y esa certeza, la de su propio fin, lo condena a muerte.

No ocurre lo mismo con los gatos o los gorriones o las abejas o los lagartos. Y qué decir de las plantas: la muerte de un sauce o de una hortensia, de un ulmo o de un canelo. O la muerte de una higuera, ese árbol robusto, con su tronco sólido y gris como el cemento. Para matarla haría falta una causa poderosa. Que invierno tras invierno, año tras año, un hongo letal penetrara en sus ramas y que finalmente, después de décadas, pudriera sus raíces. O que un serrucho la amputara y convirtiera su tronco en un saco de leña.

Lo mismo sucede con cada especie, cada ser que habita este planeta. Cada uno debe encontrar su justa causa de muerte. Una causa capaz de doblegar la vida, una razón suficiente. Y la vida, como ya saben, se prende con gran fuerza a algunos cuerpos. Se vuelve vigorosa, porfiada, y cuesta mucho desprenderla. Para lograrlo es preciso contar con la herramienta apropiada: el jabón para la mancha, la pinza para la espina. ¿Me oyen al otro lado? ¿Están prestándome atención? No es posible que un pez sucumba ahogado en el fondo del mar. Y un anzuelo apenas rasguñaría el paladar de una ballena. Tampoco se puede ir más allá, es imposible morir más de la cuenta.

No me distraigo, descuiden, este es el borde de la historia. Y es preciso merodearlo antes de encaminarse al interior. Que entiendan cómo llegué aquí, qué hechos me llevaron a este encierro. Y que se asomen, poco a poco, a la causa de muerte de la niña.

Yo he matado, es verdad. Prometo que no les mentiré. He matado moscas y polillas, gallinas, gusanos, un helecho y un rosal. Y hace mucho, por piedad, también maté a un lechón herido. Esa vez sí sentí pena, pero lo maté porque iba a morir. Iba a morir lenta y dolorosamente, así que fui y me adelanté.

Pero esas muertes no les preocupan, no son lo que quieren escuchar. Descuiden, iré al grano, a la ansiada causa de muerte: un puñado de pastillas, la caída de un avión, una soga en torno al cuello... Algunos, pese a todo, siempre sobreviven. Para esos pocos no es tan fácil la tarea de morir. Hombres que necesitan el golpe de un camión, un balazo en el pecho. Mujeres que se lanzan de un sexto piso porque el quinto no sería suficiente. Para otros, en cambio, basta una mera pulmonía, una corriente de aire frío, un cuesco atorado en la garganta. Y unos pocos, como la niña, necesitan solamente una idea. Una idea peligrosa, afilada, nacida en un instante de debilidad. Yo les hablaré de esa idea, les contaré cuándo surgió. Ahora dejen lo que estén haciendo y préstenme atención.

El anuncio decía así:

Se busca empleada, buena presencia, tiempo completo.

No especificaba más que un teléfono que pronto se transformó en una dirección y hacia allá me encaminé vestida con una blusa blanca y esta misma falda negra.

Me recibieron en la puerta, ambos. Hablo del señor y la señora, del patrón y la patrona, de los jefes, de los deudos, ustedes verán cómo los llaman. Ella estaba embarazada y al abrir la puerta, justo antes de estrechar mi mano, me examinó de arriba abajo: mi pelo, mi ropa, mis zapatillas todavía blancas. Fue una mirada minuciosa, como si eso le permitiera averiguar algo importante sobre mí. Él, en cambio, ni siquiera me miró. Escribía un mensaje en su celular y sin alzar la vista apuntó hacia la puerta que conducía a la cocina.

No podría reproducir las preguntas que me hicieron, pero sí algo muy curioso. Él se había afeitado y una brizna de espuma brillaba bajo su patilla derecha.

¿Aló? ¿Qué pasa? ¿La empleada no puede usar la palabra brizna?

Me pareció escuchar una carcajada, una risa no tan amistosa al otro lado de la pared.

Decía que me descolocó esa mancha, como si le hubieran arrancado un trocito de piel y debajo no hubiese sangre ni carne, sino algo blanco, artificial. La señora se dio cuenta de que yo no podía dejar de mirarlo y cuando finalmente notó la espuma, se humedeció el pulgar y le limpió la piel con un poquito de saliva.

Ustedes se preguntarán: qué importancia tiene eso. Ninguna, esa es la respuesta, aunque recuerdo bien el gesto del señor, el modo en que apartó la mano de su esposa reprochándole esa exhibición de intimidad frente a una perfecta extraña. Unas semanas después, yo hacía la cama matrimonial y él, de pronto, salió del baño. Yo pensaba que ya se había ido al trabajo pero ahí estaba, frente a mí, totalmente desnudo. Al verme no se sobresaltó, ni siquiera pareció descolocado. Con total tranquilidad buscó sus calzoncillos, regresó al baño y cerró la puerta a sus espaldas. Ustedes explíquenme a mí qué pasó entre el primer día y los siguientes.

Necesitaban a alguien lo antes posible. El señor dijo:

Ojalá el lunes.

La señora:

Ojalá hoy mismo.

En el refrigerador colgaba un papel con cada una de mis tareas. Así no sería necesario preguntar si la empleada sabía leer, si podría escribir la lista del supermercado, los recados en la libreta del teléfono. Me acerqué, leí el listado, desprendí el papel y lo guardé en mi bolsillo. Pulcra, asertiva, una empleada con suficiente educación.

Puedo empezar el lunes, dije.

Aceptaron de inmediato. Ni siquiera me pidieron referencias. Más tarde entendí que todo ocurría contra el tiempo en esa casa, aunque su apuro, tanto apuro, eso jamás lo entendí. El que se apura pierde el tiempo, eso decía mi mamá cuando yo salía atrasada rumbo a la escuela y acortaba camino por la huerta. Y al tiempo, me advertía, no se le puede ganar. Esa carrera está arreglada desde el día en que nacemos. Pero me fui por las ramas... Les hablaba de las horas que les faltaban a sus días y de los pocos días que faltaban para que naciera su primera hija.

Ya sé lo que me van a preguntar y la respuesta es no. Yo no tenía experiencia con niños y no les mentí. Mi mamá me había dicho por teléfono: no les mientas, Lita, nunca mientas el primer día. Así que yo dije, sin chistar:

No tengo hijos, no tengo sobrinos, nunca he cambiado un pañal.

Pero la decisión ya estaba tomada. A la señora le había gustado mi blusa blanca, mi trenza larga y prolija, mis dientes rectos y limpios, y que en ningún momento me hubiese atrevido a sostenerle la mirada.

En cuanto terminaron las preguntas, me mostraron el resto de la casa:

Aquí están los utensilios de aseo, Estela.

Los guantes de goma, el trapero.

Aquí el botiquín de primeros auxilios.

Las esponjas, el cloro, el detergente, las sábanas.

Aquí la tabla de planchar, el canasto de la ropa sucia.

El jabón, la lavadora, el costurero, las herramientas.

Que nada se pudra, Estela.

Que nada caduque.

Aseo a fondo los lunes.

Regar el jardín por las tardes.

Y no abrirle a nadie, nunca, bajo ninguna circunstancia.

No recuerdo mucho más salvo que ese día tuve un pensamiento y ese pensamiento sí se quedó conmigo. Mientras recorría el pasillo, los baños y me asomaba a cada una de las piezas, mientras observaba el living, el comedor, la gran terraza y la piscina, pensé, muy claramente: esta es una casa verdadera, con clavos hundidos en las paredes y cuadros colgando de esos clavos. Y ese pensamiento, no sé por qué, me dolió justo aquí, entre los ojos. Como si se desatara un fuego y ardiera exactamente aquí.

No me mostraron la pieza de atrás. Hablo del día de la entrevista. Esa que ellos llamaban «tu pieza» y que yo llamaré la pieza de atrás. Recién la vi el lunes siguiente, en mi primer día de trabajo. La señora me recibió, pálida, la piel de la cara cubierta en sudor.

Estás en tu casa, dijo, y se retiró a descansar.

Entré a la cocina, sola, y me extrañó no haber reparado antes en esa puerta tan extraña. Se confundía con las baldosas de las paredes, como una bóveda secreta. Me acerqué y la deslicé. ¿Ya sabían que se deslizaba? Para no perder espacio. Para no chocarse con la cama. No se empujaba como una puerta común y corriente, así que la deslicé hacia la izquierda y entré por primera vez.

Anoten por ahí lo que había dentro, a lo mejor tiene alguna importancia: una cama de una plaza, un pequeño velador, una lamparita, una cómoda, un viejo televisor. Dentro de la cómoda, seis delantales: lunes, martes, miércoles, jueves, viernes, sábado. El domingo era mi día libre. No había cuadros, tampoco adornos, apenas una pequeña ventana. Sí un baño con una ducha, un antiguo tocador y unas manchas de humedad que parecían reírse a carcajadas.

Cerré la puerta a mis espaldas y me quedé de pie, con los labios repentinamente secos. Sentí que las piernas me flaqueaban y me senté al borde de la cama. Entonces tuve una sensación..., cómo describirla. Sentí que todavía no entraba a esa habitación y que yo misma, desde fuera, miraba a la mujer que sería yo a partir de ese momento: los dedos entrelazados sobre la falda, los ojos secos, la boca seca, la respiración agitada. Noté que la puerta de la pieza estaba hecha de un vidrio opaco, acanalado. El señor ya debe haber pronunciado aquí mismo una de sus palabras preferidas: es-me-ri-la-do. Una puerta de vidrio esmerilado conectaba el dormitorio a la cocina. Y ahí viví yo durante siete años, aunque nunca, ni una vez, la llamé «mi pieza». Escriban eso en sus actas, vamos, no sean tímidos: «categóricamente se niega a referirse a la habitación como su pieza». Y agreguen, en el margen: «negación», «resentimiento», «posible móvil criminal».

Al poco rato escuché a alguien entrar a la cocina y esperarme afuera... o adentro. No lo sé. A lo mejor esa pieza estaba afuera y la cocina adentro. Son confusas algunas cosas, al menos para mí: adentro, afuera; presente, pasado; antes, después.

La señora carraspeó, yo tragué saliva y dije:

Ya voy.

O tal vez nadie carraspeó y tampoco yo hablé y esa mujer, la que sería yo durante los siguientes siete años, se desvistió y pasó un delantal por arriba de su cabeza. Me pareció muy ajustado en el cuello, demasiado angosto para mí, pero cuando quise desabrochar el primer botón noté que no tenía un ojal. Un botón de adorno en la garganta de la empleada doméstica. Los otros cinco uniformes tenían el mismo falso botón.

Es raro que recuerde ese detalle y no tenga la menor idea de lo que hice el resto de ese día. No sé si cociné. No sé si lavé. No sé si regué. No sé si planché. De esas semanas no recuerdo más que nuestra constante persecución. Si yo entraba al living la señora partía sigilosamente al comedor. Si yo entraba al comedor ella se escapaba en dirección al baño. Si yo quería limpiar el baño ella se encerraba en su escritorio. No sabía qué hacer, adónde ir. Le costaba moverse por el embarazo pero era preferible huir antes que quedarse sola y muda con una extraña. Porque eso era yo, una extraña. Ignoro en qué momento dejé de serlo. Cuándo comenzó a pedirme que le lavara a mano sus calzones, a decirme Estelita, la niña vomitó, échale cloro al piso, por favor. Pero pregúntenle la fecha de mi cumpleaños, pregúntenle cuántos años tengo yo.

Esa primera semana ni siquiera sabían cómo llamarme. Se les entrometía el nombre de la que había trabajado antes que yo en esa casa. Esa que les refregaba el fondo del guáter y les sacaba la basura los martes y viernes. La que les cocinaba ensalada rusa y los veía acostados en su cama. Nunca me lo dijeron, pero lo sé porque ninguno de los dos era capaz de pronunciar bien mi nombre.

Mmmestela, decían.

Todavía me pregunto por el nombre de pila de la anterior: María, Marisela, Mariela, Mónica. No tengo dudas sobre la inicial; tardó meses en esfumarse.

Yo, por mi parte, siempre la llamé «la señora». La señora no está. ¿La señora va a comer algo? ¿A qué hora vuelve la señora? Pero se llama Mara, doña Mara López. Seguramente, cuando la citaron y los miró como se mira una mancha, como se constata un error, le dijeron: «Señora Mara, tome asiento, por favor. ¿Quiere agüita? ¿Quiere un té? ¿Prefiere azúcar o endulzante?», mientras se preguntaban, como yo, quién en el mundo se llama así. Como llamarse Jula o Veronca. Como vivir con una ausencia.

Había algo en ella. Como un…, déjenme pensarlo. Un desapego. O no. Esa no es la mejor palabra. Un desprecio, eso es. Como si todos le provocaran aburrimiento o le repugnara cualquier tipo de complicidad. Esa era su fachada al menos. La máscara que esmeradamente se ponía mañana tras mañana. Por debajo: se sonrojaba de rabia cuando su marido llegaba tarde del trabajo y cada vez que su hija escupía la comida ya masticada sobre el plato; y el párpado, el izquierdo, le latía sin parar, como si un pedacito de su propia cara quisiera fugarse y no volver.

Pero me he desviado, es verdad. Debe ser la falta de costumbre. La cara de la señora no tiene importancia, debo hablarles también sobre él.

A él, ya adivinaron, yo le decía «el señor», aunque a veces lo llamaba «tu papá». ¿Dónde está tu papá? ¿Ya llegó tu papá? Pero su nombre es Cristóbal. Don Juan Cristóbal Jensen. Un hombre algo tosco, con entradas de una calvicie precoz y ojos de un celeste parecido al de la llama del calefón. Cada mañana, antes de irse, mascullaba la misma frase: otro día de trabajo. Tal vez era una cábala o verdaderamente lo detestaba. Hablo de su trabajo, no se asusten. Odiaba a sus colegas, a las enfermeras, a cada uno de sus pacientes. Ya lo deben haber visto con su camisa bien planchada, sus zapatos bien lustrados, a la espera de que alguien le agradezca por salvarle la vida. O a lo mejor se puso el delantal blanco para que así lo llamaran «doctor». Eso sí le encantaba, que se refirieran a él como «el doctor Jensen». Pero graben esto en sus papeles: ser doctor no tiene importancia. No cuando muere tu única hija. No cuando eres incapaz de salvarla.

Hablábamos poco, él y yo. Bastaba servirle puntualmente la comida y tener sus camisas limpias y planchadas. No sabría cómo más describirlo, a lo mejor me pueden ayudar. Cómo definirían ustedes a una persona que no fuma, que casi no bebe, que antes de decir una palabra la sopesa, la calcula, para así evitar exabruptos que lo lleven a perder el tiempo. Un hombre obsesionado con el tiempo:

Comemos en una hora, Estela.

Calienta la comida en quince minutos.

Voy diez minutos tarde a la clínica.

Tengo dos minutos para desayunar.

Llego en un minuto, abre el portón.

Voy a contar hasta tres.

Dos.

Uno.

Una perpetua cuenta regresiva.

La niña nació el quince de marzo, una semana después de que llegué. Me alarmó ese aullido de dolor seguido de una palabra: respira.

Eran las cinco de la mañana, yo dormía aunque quién sabe, a veces dudo de si alguna vez conseguí dormir en esa pieza. El grito me asustó, me levanté y me asomé al pasillo. La señora se sostenía el vientre. El señor la agarraba por la cintura e intentaba convencerla de que caminara hasta la puerta del auto. Un paso, un grito. Otro paso, otro grito. Gritaba como si no hubiese un límite a los gritos que se pueden largar en una vida; como si cada lamento no valiera un millón de palabras.

Regresaron varios días después. Yo esperaba que llegaran mucho antes, pero el parto había tenido complicaciones y nadie me avisó. Para qué..., qué se le avisa a la empleada doméstica. Fue extraña esa espera. Ellos no estaban en la casa pero tampoco se habían ido del todo. Recuerdo pasarme hora tras hora en el comedor de diario, las manos apoyadas sobre la mesa, la mirada fija en la pantalla que estaba arriba del refrigerador: histórica sequía en el país, cortes de ruta en la Araucanía, oferta relámpago de lavadoras. Así pasaba mi día, entre tragedias y comerciales. Supongo que podría haber aprovechado para darme un chapuzón en la piscina, para hablar por teléfono toda la tarde, para tomarme los restos de whisky y probarme las joyas de la señora. Eso esperaban, ¿verdad? No me hagan reír.

Una mañana, finalmente, oí los frenos del auto, las llaves en la cerradura. Esperé escuchar un llanto pero a la criatura no la escuché. No lloró al nacer, ¿ya lo sabían? El señor bromearía sobre ese silencio cada vez que la niña pataleara. Cada vez que le fuera imposible calmar los berrinches de su niña arisca, él y su esposa recordarían que su hija había permanecido muda los primeros días de su vida. Como si nada le hiciera falta. Como si hubiese nacido satisfecha.

La señora tenía el bulto entre sus brazos y una sonrisa tiesa, artificial, casi una mueca de terror. Noté que el esfuerzo de caminar desde el auto la había dejado exhausta. La piel demacrada y plomiza, los labios partidos y un sudor del que no lograría librarse en semanas. Abre las ventanas, Estela, las puertas, todas las puertas, haz corriente, por favor. Así decía, por favor, como si fuese un favor que en el futuro me devolvería.

Dio unos pasos cortos, se detuvo bajo el umbral y largó un suspiro. Creo que esa fue la única vez que sentí pena por la señora. Me dio lástima tanto cansancio así que estiré los brazos y sostuve a su hija. Así somos las personas, ¿no es verdad? Eso decía mi mamá cuando les dejaba un plato con leche a los quiltros de la plaza de Ancud. Así somos, repetía cuando aceptaba cuidar a unos gatos ajenos o le acarreaba las bolsas a algún anciano desde el almacén hasta su casa. Así somos, así somos. Eso no es verdad. Así no somos las personas, subrayen esa frase por ahí.

En cuanto la alcé me descolocó el peso de esa niña; insignificante, tan frágil que daban ganas de llorar. Los párpados abultados y la cara redonda eran los de cualquier criatura recién nacida. El mismo olor, la misma desesperación cuando abren los ojos desenfocados. Me pareció más pequeña de lo que había imaginado pero qué sabía yo. Muy pronto crecería y crecerían sus uñas y las tendría que cortar miles de veces a lo largo de una vida robusta y porfiada, como debería ser la vida.

Cuando la tuve en brazos la señora dijo que necesitaba descansar, que me quedara yo con ella. No dijo su nombre, ¿saben? Dijo ella, nada más. Quédate con ella, Estela. Hazla dormir, por favor. A lo mejor por eso para mí siempre fue la niña a secas, pero se llamaba Julia, aunque de seguro eso lo saben también.

Me la llevé a la pieza del fondo. La habían decorado con un empapelado de margaritas silvestres, una cuna de madera y un móvil de cebras y soles que giraba sin parar. La apoyé sobre el cambiador de mimbre y empecé a desvestirla. La frazada, una manta de algodón, un pilucho demasiado holgado. Se quedó en pañales y pude ver el resto de su cuerpo. Colorado, con manchas amarillas y el cordón negruzco colgando de su ombligo. Retorció sus brazos al contacto con el frío, pero no lloró. Abrió esa boca desdentada y salió aire, nada más. Ya se llenaría de palabras esa boca: dame, quiero, ven, no.

Despegué los broches del pañal y un olor avinagrado inundó el dormitorio. Yo pensaba que las criaturas recién nacidas no tenían ningún olor, pero qué sabía yo. La mierda es mierda sin importar de dónde venga, decía mi mamá mientras limpiaba la bosta de los cerdos o el pozo ciego del campo, y supongo que en eso sí tenía razón.

Con unos pañuelos húmedos froté a la niña hasta dejarla impecable. Le ajusté otro pañal, un pilucho más pequeño y al final metí sus manos en unos minúsculos guantes blancos. Había escuchado que los niños se rasguñan la cara al nacer. Qué tipo de impulso es ese: nacer y arañarse la propia cara.

La alcé en mis brazos y solo entonces ella entreabrió los párpados. Tenía los ojos grises, perdidos, incapaces de fijar los bordes de las cosas. En ese momento, pensé: esto debe ser el silencio,
perder los bordes de las cosas. Y la mecí para arrancarme del
silencio que ya se precipitaba hacia mí. De inmediato, por fortuna, la criatura se quedó dormida. O a lo mejor cerró los ojos
y seguía despierta, no lo sé. La apoyé suavemente en la cuna y vi
cómo se acomodaba a ese espacio. Nunca antes había cuidado a
una niña y menos a una recién nacida. Se lo advertí a la señora
cuando me contrató, pero ella asumió que su empleada sabría
utilizar la lavadora, la plancha, la aguja, el dedal. Y, cómo no,
sabría encargarse de su hija. De su Julia que ahora sí dormía lar-
gando unos quejidos agudos y tristes.

Ignoro cuánto tiempo pasó entonces. Cuánto tiempo se amon-
tonó mientras yo vigilaba el sueño de esa niña: diez minutos,
siete años, el resto de mi vida. Yo me quedé ahí, paralizada, asomada al barranco de esa cuna, sin poder despegar mis ojos de ese
pecho que se hinchaba y deshinchaba, incapaz de distinguir el
cariño de la desesperación.

Una mañana, hablo del inicio, me di una ducha, me puse el delantal y en cuanto entré a la cocina vi una nota en la puerta del refrigerador. Me sorprendió que la señora no me hubiese avisado que saldría con la criatura tan temprano. Una prueba, pensé. Quería comprobar si a la primera oportunidad, sola en la casa, la nueva empleada se colgaba al teléfono para cuchichear con sus tías, sus primas, sus incontables sobrinas.

Comprobé que el teléfono estuviera colgado y volví al papel:

Lavalozas

Pañales

Yogurt diet

Pan integral

Palabras y un billete que metí al fondo de mi bolsillo. Alfabetizada, confiable, buena presencia.

El timbre del teléfono me sobresaltó. Era la señora, quién más, indudablemente era ella, pero yo no supe qué hacer: si contestar y que ella comprobara que la nueva empleada estaba atenta; o no contestar, dejar que el pitido la enloqueciera y que la señora, al otro lado, comprendiera algo aún más valioso: el teléfono estaba desocupado y su empleada, eficaz, ya iba rumbo al supermercado.

No contesté.

Afuera, el calor se había ensañado con los laureles lánguidos de tanto sol. Salí tal como estaba vestida, con mi delantal, con mis zapatillas y frente a mí, en la vereda opuesta, vi que caminaba una mujer. Llevaba un delantal idéntico al mío, los mismos recuadros blancos y grises, el mismo falso botón, la misma trenza y zapatillas, y paseaba muy lentamente con una anciana de aros de perla, cartera al hombro, pelo teñido y escarmenado. Rectifico, no... No es exactamente así. No paseaba *con* esa anciana. La arrastraba a duras penas, a pasos cortos, con el tronco torcido por el peso. La mujer me vio, nos miramos y nos detuvimos al mismo tiempo. Su cara era la mía, eso pensé y me recorrió un escalofrío. Si yo desprendía mi brazo, si bruscamente me escapaba, la anciana que estaba a su lado caería de bruces al suelo.

Caminé muy rápido en la dirección opuesta a la suya. No sabía adónde ir para encontrar el supermercado pero la sola idea de caminar frente a esa mujer me resultó insoportable. Pasé frente a unos condominios privados y unas casonas cercadas. Era el final del verano y aunque algunos árboles se habían desprendido de sus primeras hojas, ninguna cubría el pavimento. Impecable, recién barrido. La vereda sin grietas, la calle arbolada, ninguna micro en el trayecto. Como la escenografía de una película, eso fue lo que pensé, y apuré el paso.

Creo que por esa calma desmedida noté que alguien me seguía. Una sombra, un crujido; detrás debía venir esa mujer, la que sería yo en pocos años. Pisándome los talones con mis zapatillas, susurrándome un secreto con mi voz. Sentí el corazón acelerado, las manos frías y humedecidas. Estuve segura de que me iba a desmayar. Me azotaría la cabeza en el asfalto. Despertaría en un hospital. La señora me echaría del trabajo por debilucha, por enfermiza. Tendría que volver a la isla y darle la razón a mi mamá: todo había sido un error, nunca debí haberme ido a Santiago. Entonces me dije a mí misma: Estela, basta ya. Y me giré bruscamente.

Una casa tras otra, un cerco eléctrico tras otro, ni un alma en la vereda. Había sequía, eso ya lo saben, pero el césped, los antejardines, los canteros seguían verdes. Un barrio armonioso, sereno, una miniatura de ciudad. Me detuve para recobrar el aliento, me sequé las manos contra el delantal y vi que enfrente, en la esquina, había una bencinera y el bendito supermercado.

Crucé la calle y para acortar camino pasé por el medio de la bomba de bencina. No sé por qué lo hice. Para qué quería acortar camino, ganar tiempo, llegar antes. El muchacho que atendía me miró fijo, mucho más tiempo de lo que está permitido mirar a otra persona. No le importaba incomodarme o precisamente eso quería. Mal que mal, a quién se le ocurre salir a la calle con el delantal de sirvienta y esa cara de pánico. De reojo, lo miré. Era joven, flaco, con un helecho tatuado en el brazo y un perro enorme y café echado a sus pies. No me quitó los ojos de encima hasta que entré al supermercado. Como si esa mujer, o sea, yo, fuera una verdadera aparición.

El anuncio de las ofertas me distrajo y saqué la lista del bolsillo:

Lavalozas

Pañales

Yogurt diet

Pan integral

Las tarjé como ustedes probablemente tarjan algunas de mis palabras. Las que consideran inapropiadas o inverosímiles; las que juzgan incorrectas. Pagué, guardé la boleta, conté las monedas del vuelto y salí a la calle otra vez. Ahora presten atención, amigos míos, a ustedes les hablo. Sí, a ustedes, los que esperan una confesión. ¿Qué les pasa? Me pareció escuchar un reproche tras la puerta. ¿Les molesta que les diga «amigos»? ¿Demasiado confianzuda? ¿Cómo quieren que los llame? ¿Su majestad, su señoría, excelentísimas damas y caballeros?

En más de una ocasión me he preguntado quiénes son ustedes. Si acaso acercándome al cristal podría adivinar sus expresiones. Pero por más que me acerco no veo más que mi propio reflejo en ese vidrio y entonces miro mis ojos, mi boca, las primeras arrugas en mi frente, y me pregunto si el cansancio es una etapa y si algún día, en el futuro, recuperaré la cara que solía tener.

Pero se me descarriló la historia una vez más, sepan tenerme paciencia. En cuanto estuve afuera del supermercado y el sol me golpeó de lleno en el cuerpo, ocurrió *eso* por primera vez. Alcé la vista, miré a mi alrededor y no supe dónde estaba. No es una manera de decir. No me dio por la poesía. Pasé los ojos por el asfalto, por las hojas que temblaban en los quillayes, por el nombre escrito en el cartel de la bomba de bencina. Pero por más que recorría con mis ojos esa realidad que me rodeaba, no conseguía descifrar cómo había llegado hasta esa calle, ese barrio, esa ciudad, ese trabajo. No podía distinguir la tierra del asfalto, una bicicleta de un animal, una pierna de la otra, esa empleada de mí misma. La propia idea de un animal, del asfalto sobre la tierra, de la empleada caminando con su uniforme bajo el sol, se me volvió totalmente ajena. En una especie de doblez..., ahí me había metido y ya no podía salir.

Me quedé encandilada por la luz, paralizada por el miedo, buscando desesperadamente algo que me devolviera a mi propio cuerpo. Varias veces golpeé mis mejillas y me refregué los ojos con los puños. Entonces volví a ver a ese perro: café, desgreñado, la mirada salvaje. El perro, el helecho grabado en el brazo del muchacho, la calle impecable, esa mujer que algún día sería yo paseando a su jefa, ya anciana. Recordé el camino de regreso y me fui apurada hacia la casa.

Ni siquiera había cruzado la puerta principal cuando escuché el teléfono.

Señora, eso dije, sin esperar a que ella hablara.

Ella quiso saber cómo había adivinado quién llamaba. No dije nada, para qué. Las manos todavía me temblaban, quería sentarme unos minutos, pero tendría que volver cuanto antes al supermercado. A la señora se le había olvidado el aceite de oliva y el jabón.

Buenos días, Estela.

Buenos días, señor.

Buenas noches, Estela.

Buenas noches, señora.

Abrir los ojos, levantarse, meterse rápido a la ducha. Ponerse el delantal, atarse el pelo, entrar a la cocina. Hervir el agua, hacer un té, comerme un pan con mantequilla. Preparar sus desayunos, llevárselos a la cama, recibir instrucciones para el día.

Una vez que se han ido a trabajar, entrar a la pieza principal. Recoger los pijamas del suelo, abrir la ventana de par en par, comprobar el bullicio enardecido de las cotorras en el pino. Arrancar la colcha, las frazadas y enrollarlas a los pies del colchón. Luego desencajar la sábana, agitarla con fuerza y ver la tela hincharse como un gran paracaídas.

Hice la cama matrimonial cada día que trabajé en esa casa. Son varios cientos de mañanas, no lo había calculado hasta ahora. Cientos de veces las que observé esos pliegues en la sábana inferior. Pelusas a la altura de los pies, de las patadas que el señor y la señora largaban cada noche. Siempre me parecieron curiosas esas pelusas sobre la tela. Extraño que se agitaran al dormir hasta desmadejar sus calcetines. Yo, desde niña, duermo quieta como una momia, a lo mejor porque solía compartir la cama con mi mamá. En el verano cada una se quedaba a su lado del colchón, pero en invierno yo temía que el viento arrancara las planchas de zinc o que la casa se deslizara por el barro hasta la orilla de la playa o que nos cayera encima un enorme y viejo eucalipto. Así que me giraba de un lado a otro vigilando el crujir de las ramas, el golpeteo de la lluvia y la respiración serena de mi mamá, que al cabo de un rato me advertía:

Cierra los ojos, cabrita, solo las lechuzas no duermen.

Pero se me entrometieron los recuerdos, discúlpenme otra vez. Les hablaba de la cama, de las frazadas, de las hilachas perdidas. Para que las almohadas recuperen su forma es necesario golpearlas. También es preciso golpear los cojines, las cortinas, las alfombras. Golpearse las palmas de las manos después de acarrear el peso de las compras, golpear las sandías y los melones para escoger los más azucarados, golpearse el pecho en la iglesia y golpearse las propias mejillas cuando arremete la irrealidad. Solo los golpes liberan el polvo e introducen aire entre las plumas. Y yo introducía aire cada mañana. Colmaba de aire las almohadas donde el señor y la señora descansaban sus cabezas por las noches.

Al tercer día de nacida, la criatura al fin lloró. La señora la amamantaba sobre su cama con la ventana abierta de par en par. Lo sé porque yo barría el pasillo y las pelusas se volaban por la corriente. Me llamó desde su pieza y en un susurro me pidió que le llevara un tazón de manzanilla.

Yo entraba a su pieza con la bandeja cuando la niña se atoró. Hizo un ruido hueco, entrecortado, y enseguida, nada. El silencio fue aterrador. La niña no podía respirar. El aire simplemente no pasaba, su cara cada vez más roja. La señora la agitaba, golpeaba su espalda, pero no había reacción.

Cristóbal, gritó.

El grito sonó desesperado. El señor estaba trabajando en su escritorio. Había pedido que nadie lo molestara. Estudiaba un caso difícil. Debía decidir si tratar o no, si intentar salvar a la paciente, una muchacha, dijo, y se encerró con sus papeles. Por suerte escuchó ese grito.

Entró corriendo, agarró a la niña, la puso boca abajo y la zamarreó. Un hilo blanco de vómito cayó sobre la alfombra. La niña empezó a llorar. La boca abierta, la cara roja, los brazos tiesos a cada lado. Cómo lloró, con qué fuerza. El señor la devolvió a los brazos de la señora.

Cámbiala de posición, dijo. Y después:

Me voy a la clínica, acá es imposible trabajar.

La señora intentó calmarla, serenar a su hija, pero no fue posible. En cuanto la acercaba a su pecho, la niña torcía la cabeza y gritaba fuera de sí. Yo seguía ahí, ¿entienden? Con la bandeja en mis manos, con el tazón de manzanilla, muda y quieta observaba a esa criatura chillar al menor contacto con el cuerpo de su madre. En ese momento la señora me vio, lo recuerdo perfectamente bien. A mí, la mancha en el piso, otra vez a mí. No dijo una sola palabra. Tampoco fue necesario. Apoyé la bandeja en su velador y volví con un paño para limpiar.

Todo esto es importante, no crean que quiero ganar tiempo. Hacer la cama, ventilar, refregar el vómito de la alfombra. Ya se los he dicho antes: es necesario recorrer los bordes antes de internarse al corazón. ¿Y saben lo que hay en el corazón de una historia como esta? Calcetines negros de mugre, camisas con manchas de sangre, una niña infeliz, una mujer que aparenta y un hombre que calcula. Que lleva la cuenta de cada minuto, de cada peso, de cada conquista. Que se levanta antes del amanecer para así alcanzar a trotar, que se lava los dientes mientras ordena, que revisa su agenda mientras trota, que lee el diario mientras come. El tipo de persona que vive su vida de acuerdo con un plan y que sabe todo lo que va a llenar sus minutos, sus horas. Porque también los minutos y las horas forman parte de ese plan.

Nada en la vida del señor había desviado su camino. Tampoco la muerte de su madre, aunque la tristeza le grabara unas arrugas en el borde de los ojos. Tampoco las peleas con su esposa, aunque eso le quitara el apetito. Tampoco esa hija intratable, que se negaba a comer. El plan, sin contratiempos, seguía su curso: estudiar medicina, casarse, comprar una casa, considerarla insuficiente. Venderla, comprar otra, tener problemas con el jefe. Transformarse en jefe, engendrar una hija, salvar vidas, perder otras. Entonces, en la cima, tropezar y hablar de más. Ya les contaré, tranquilos, que la ansiedad no los carcoma. Una mañana el señor habló más de la cuenta y la realidad se alzó y le arrebató de un zarpazo su plan.

Unos meses después del nacimiento, la señora anunció que volvería al trabajo. Me dijo que saldría dos horas, un poco más, un poco menos; necesitaba comprar unos trajes y una maleta chica para viajar al sur. Trabajaba en una maderera, ¿ya lo sabían? Papeles, pinos, papeles, más pinos. Tenía carpetas y carpetas de papeles sobre pinos: pino cepillado, venta de aserrín, pino dimensionado, compra de terrenos. La desventaja de tener una empleada alfabetizada. Lee documentos que no le conciernen, secretos que se dejan por escrito. Cuánto ganan, cuánto gastan, cuánto heredarán. Pero perdí el hilo otra vez. Les contaba que la señora salió de compras y que yo, disciplinada, me quedé sola en la casa.

Qué digo... sola. Quiero decir que me quedé con la niña. No sé en qué momento consideré que estar con ella era no estar sola. Supongo que ese momento es importante, pero yo lo dejé pasar.

La señora tardó más de la cuenta y la niña se puso a llorar. Había cumplido seis meses y tenía un apetito insaciable. Más tarde cada comida se convertiría en una verdadera batalla. Horas para que se comiera unas arvejas, para que aceptara unos granos de arroz. Probé a darle agüita con azúcar pero no funcionó. Tiró la mamadera al suelo y sus gritos se convirtieron en chillidos.

No había leche en polvo, la señora aún la amamantaba, así que decidí moler un plátano, cruzar los dedos y esperar. La niña se lo devoró y al rato se quedó dormida.

Al regresar, la señora notó el plato sucio sobre la mesa y me miró con recelo. Rara vez me miraba, ¿saben? Yo estaba en la cocina, en su dormitorio, rastrillando en el jardín. Yo estaba en todos lados pero ella jamás me miraba. Ese día, sin embargo, sí lo hizo. No le gustó que la empleada le diera su primera fruta a la niña así que me clavó una mirada furiosa, roja de ira. Ya les he dicho que se sonrojaba con facilidad: roja porque le corté la chasquilla a la niña, roja porque la castigué en su pieza, roja porque la criatura solo comía si la nana le hacía el avioncito. Resistí sus gritos sin responder. Qué le iba a decir. Había tardado casi tres horas, la niña no paraba de chillar y ahora su hija dormía satisfecha en su cuna.

Al cabo de un rato la señora se arrepintió de su exabrupto. No es conveniente regañar a la empleada puertas adentro. Una mujer con acceso a la comida, a los secretos de la familia. Se dio cuenta de su error y quiso hacer las paces conmigo.

Estelita, dijo. Mira lo que me compré.

El vestido venía en una caja atada con una cinta de satín azul.

Lo compré en oferta, dijo.

Para eso trabajo, dijo.

Para eso trabajaba la señora Mara López.

Se paró frente a mí y apoyó el vestido sobre su cuerpo. La tela negra y brillante se acomodó sobre su vientre todavía flácido.

Qué te parece, preguntó.

Era un vestido corto y ajustado. Se le verían las várices y se le marcaría el elástico del calzón en las caderas.

Lindo, contesté.

Ella sonrió y después me pidió que lo colgara.

La señora se quedó abajo preparándose un té y yo subí a su dormitorio. Abrí la puerta del closet, saqué el vestido de su caja y, sin pensarlo, me lo apoyé contra el delantal. En el espejo se reflejaron unos brillos que no había visto antes, pero eso no me bastó. De golpe me quité el uniforme y me puse el vestido.

La tela era resbaladiza, casi impalpable, de un negro que resplandecía aquí y allá. Tan suave que de un momento a otro desaparecería el vestido y yo con él. Acerqué mi mano, la apoyé en mi estómago y me miré en el espejo. Me veía vulgar, así disfrazada. Vulgar con ese vestidito negro y mis zapatillas gastadas. Me pareció que la tela ardía, me quemaba la piel.

No escuché cuando la señora subió las escaleras. Tampoco la oí entrar a la habitación. Solo noté que estaba en la puerta cuando finalmente habló.

Estela, eso dijo.

En esos días me llamaba Estelita. Tráeme un abanico, Estelita, las pantuflas, Estelita, una taza de café descafeinado sin azúcar, Estelita.

No supe qué decir. Qué iba a contestar. ¿García? No, no dije nada. Esperé a que me diera la espalda, a que me quitara los ojos de encima, pero pronto entendí que la señora no se movería de ahí. Tendría que desvestirme frente a ella, tal como ella se había desvestido muchas veces frente a mí, como si su empleada no tuviera ojos para ver sus axilas irritadas, los pelos encarnados en su entrepierna, su vientre de madre recién parida.

Agarré el vestido por la basta y lo pasé por arriba de mi cabeza. Y me quedé así, en calzones y sostenes, mirándola directamente a los ojos. Los tenía cafés, normales, unos ojos más bien inexpresivos. Entonces, mientras la miraba, me nació un pensamiento. Tomen nota en sus cuadernos, esto sí les va a gustar. Fue una imagen fugaz, una bomba de ruido, una idea tan estruendosa que casi la digo para deshacerme de ella.

Quise verla muerta.

Así es, ya he dicho que no les mentiría. Ese fue mi deseo, sin embargo no dije nada. Tampoco hice nada, no se alarmen, la señora sigue viva. Me agaché, recogí el delantal y me lo puse lo más rápido que pude. Después estiré con cuidado su vestido y abrí con mis manos un espacio dentro de su closet. Y mientras hurgaba entre sus faldas en busca de un bendito gancho, la señora me detuvo y dijo:

Mejor lávalo, Estela.

La niña creció vertiginosamente, como todos los niños recién nacidos. El mismo vértigo con que envejecemos pero que preferimos ignorar. De un día a otro su cuello ya sostenía su cabeza, sus dos manos los juguetes y sus encías unos dientes minúsculos y blancos. Y uno de esos días, uno cualquiera, dijo su primera palabra.

Estaba sentada en su silla alta y yo inclinada frente a ella intentaba que comiera. De fondo, en un murmullo, la televisión anunciaba que un hombre se había prendido fuego frente a un banco. Su cuerpo ardía en la pantalla, una brasa roja, de rodillas. Le habían embargado la casa por una deuda en una clínica. Tenía cáncer, su esposa. Se había quedado viudo y sin casa. A lo bonzo, dijo el periodista. Inmolado, muerto. La niña tenía los ojos clavados en el fuego cuando la señora entró a la cocina y apagó la televisión.

Que la nana no te ponga tanta tragedia, dijo, o algo así, no lo recuerdo.

La niña se puso inquieta sin la pantalla y comenzó a retorcerse sobre su asiento. Balbuceaba, alzaba los brazos, gritaba, escupía, hasta que de repente se calló. Miró a su alrededor como si buscara algo en las paredes, algo perdido en los mesones, y como si al fin lo encontrara me apuntó con su diminuto dedo índice. Vi la determinación en esos ojos y su boca entreabrirse y pronunciar esas dos sílabas idénticas.

Na-na, dijo con total seguridad.

Así me decía la señora, supongo que eso es evidente: a bañarse con la nana, a comer con la nana, que la nana te caliente la mamadera con leche.

La señora la escuchó. También yo la escuché. Y ambas quisimos que la niña se callara de inmediato, volver al resplandor de la pantalla, al hombre que ardía en televisión. Colmé la cuchara de papilla y la dirigí hacia su boca, pero la niña, embrujada por el milagro de apuntar y decir, gritó «na-na, na-na», con todas sus fuerzas.

La señora la miró y por unos segundos no supo qué hacer. Una mueca descompuesta se había fijado en su cara. Después se abalanzó sobre su cartera y sacó su celular.

Cristóbal, eso dijo.

Llamaba al señor. Usó ese tono de voz, el que empleaba cuando mentía o estaba furiosa, apenas más agudo que el habitual. Yo seguí dándole la papilla a la criatura, cucharadas cada vez más llenas para hundir las palabras en su garganta. Pero ella, ahora, gritaba «nana» en el borde del llanto.

La señora habló más fuerte, el tono aún más empinado. Noté que estaba nerviosa. Se humedeció los labios, tragó saliva. Primero titubeó, como si no encontrara las palabras. Después se largó. Le dijo a su marido que la Julita al fin había hablado por primera vez, tan precoz, tan avanzada, inteligente como ninguna, y adivina su primera palabra, adivina qué dijo, Cristóbal, dale, adivina:

Su primera palabra fue mamá.

Eso dijo la señora.

Mejor sigamos en la mañana. Es todo por hoy.

Es difícil saber qué ocurrió el primer año, el segundo, el tercero. Distinguir el antes del después, un verano del siguiente. La primera palabra, la primera comida, la primera pataleta. Tener un orden me ayudaría a organizar mejor esta historia. Entonces iría paso a paso, hora tras hora, sin saltar de un hecho a otro, de una idea a la siguiente.

Se chupaba el dedo, la niña. Succionaba su pulgar furiosamente con la mirada fija en el vacío. Yo a veces me preguntaba qué pasaría por esa cabecita. Si acaso repasaba los dibujos de los cuentos infantiles o si el pensamiento de un niño son formas y colores, nada más. La señora odiaba que su hija se chupara el dedo. En cuanto se lo acercaba a la boca le daba una palmada en la mano.

No, eso decía. Y después:

Te van a crecer los dientes chuecos, Julita. ¿Y sabes cómo se ven las niñas de dientes chuecos? Feas, así se ven.

La niña tenía los dientes de leche separados y se quedaba boquiabierta mirando su pulgar brillante de saliva. Al rato, sin darse cuenta, lo tenía otra vez en la boca.

Era muy bonita en ese tiempo. También era linda después pero demasiado flaca, pálida, una niña desganada. De criatura, en cambio, era regordeta y risueña. Gateaba por la casa y se me subía a los pies mientras yo trapeaba. O golpeaba el vidrio esmerilado para que yo la acompañara a ver una araña, un chanchito de tierra, un gato negro en la pandereta del vecino.

Al principio se arrastraba por el suelo y la señora se burlaba de ella. La serpiente, la llamaba, y nos reíamos las dos. Al rato aprendió a gatear, aunque esa etapa fue breve. Unas semanas, a lo más, y se largó a caminar.

La señora estaba recostada sobre el sillón, revisando su celular, cuando la niña, que jugaba con unos puzles en el suelo, se agarró del apoyabrazos y se puso de pie. Fue rápido el movimiento. Sentada, parada y de pronto dos pasos breves. La vi en el instante en que le traía una tostada con quesillo a la señora. Casi en un grito, dije:

Está caminando la niña.

La señora alzó la vista. La niña seguía de pie, sorprendida de sí misma. Dio otro pasito antes de caer y quedar sentada en el suelo. De inmediato se rio. Unas carcajadas blandas, tiernas. Me miró muerta de la risa. Esa risa contagiosa, fácil, que ya no existe más. La señora la alzó, la abrazó y giró con ella como un trompo. Una vuelta, otra, entremedio de las risas. Yo las miraba unos metros más allá. La hija, su madre, ese baile completo y feliz.

Con los primeros pasos vino su primera inspección médica. El señor la sentó en su silla alta, le sacó los calcetines y le examinó los pies. Diez dedos, planta, dorso, arco. Dos perfectos pies de niña, eso pensé yo mientras cocinaba. El señor no estuvo de acuerdo.

Sacó tus pies, le dijo a la señora, que guardaba las compras en la despensa.

Planos, metatarsos caídos, habrá que ponerle plantillas.

Lo siguiente fueron sus ojos. Consideró importante llevar a la niña a un oftalmólogo cuanto antes. Dijo que la miopía infantil estaba descontrolada. Usó esa palabra, descontrolada, mientras yo le molía la papilla. Era su preferida: pollo, papas, zapallo.

Él siguió con la inspección. Le sostuvo los brazos, los alzó. Observó el grosor de sus muslos. En ese momento se giró y quiso saber cuánta comida le daba yo.

Un plato de estos, dije, mostrándole el bol con dibujitos.

¿Y de postre?

Fruta.

¿Cuánta?

No contesté. La señora también estaba ahí. Ambos miraban a la empleada, evaluaban sus respuestas.

Está empezando a engordar, eso dijo el señor. Y después:

Hay que cuidar la alimentación, Estela. La obesidad infantil está descontrolada.

También eso estaba descontrolado. La obesidad. La miopía. La niña lo miró y se puso a llorar. Un llanto agudo, irritante. El señor la alzó e intentó calmarla. Aullidos. Chillidos. La señora se la quitó de los brazos. Patadas, manotazos. Descontrolada, pensé, pero no dije nada.

La señora sí habló:

Encárgate tú, Estela.

La agarré y salí con ella al jardín trasero. Era primavera, lo recuerdo bien, pero hacía bastante calor. La niña seguía pataleando, gritándome al oído, mientras yo intentaba recordar alguna canción infantil. No hubo caso, no pude. Los gritos me impedían pensar. Me puse a dar vueltas con ella en brazos alrededor de la piscina. Se me ocurrió distraerla con los árboles.

Esta es la higuera, le dije. Cuando seas grande la vas a trepar.

Este es un magnolio, dije después.

Un ciruelo.

Una camelia.

Mi mamá me enseñó los nombres de los árboles, por si se preguntan cómo me los sé. Fue de golpe, todos juntos una mañana de invierno. Había habido un temporal, un árbol se había caído en el camino y el colectivo que me llevaba a la casa ya no pudo avanzar más.

Se me bajan, dijo el conductor y nos dejó ahí, tirados.

Yo tenía ocho o nueve años, no más que eso. Y tuve que partir a campo traviesa, bajo la lluvia, sin paraguas. Los zapatos se me hundían en el barro, el viento me silbaba en las orejas, las ramas, arriba, se doblaban hasta el suelo. En mi recuerdo caminé horas, pero no estoy segura. Llegué hambrienta y empapada. Mi mamá me hizo sacarme la ropa, me envolvió con un poncho de lana y mientras me secaba el pelo con una toalla hizo esa única pregunta.

¿Qué árbol era, Lita?

Me encogí de hombros. Para mí era un árbol, nada más, un tronco enorme atravesado en el medio de la ruta, un árbol con sus ramas y sus hojas, como todos los otros árboles. Mi mamá insistió.

¿Cómo era el tronco? ¿De qué color? ¿De qué grosor, Lita?

Al día siguiente me despertó al alba y me llevó con ella a caminar. Me mostró el arce, el raulí, el ciprés, el pehuén, el arrayán, el ulmo. Tocaba cada tronco con la palma, como si se tratara de un bautizo. Yo debía repetir el nombre y tocar el tronco también. Luego me enseñó a distinguir el maqui del voqui, la murta, la frambuesa. Cuando terminó, me miró fijo, sus ojos clavados en los míos.

Son importantes los nombres, dijo. ¿Acaso tus amigas no tienen nombre, Lita? ¿Les dices niña, niño? ¿A la vaca le dices animal?

Cuando terminé de mostrarle los árboles de su jardín, la niña se había tranquilizado. Tocaba las hojas con cuidado, miraba los tallos, las copas, las frondas empolvadas por la sequía. Volví a la cocina para darle su almuerzo y comprobé que los señores ya no estaban. La senté en su silla, le miré los pies y le di un beso a cada uno.

Patitas de empanada, le dije.

Ella se rio, otra vez contenta. Le serví un plato grande de papilla, que enseguida se devoró. Escuché que se cerraba la puerta del baño. También la puerta de salida. Cuando me cercioré de que no volverían, abrí el refrigerador. Saqué la mermelada de mora, la apoyé en la mesita de la niña, agarré su mano y le unté el pulgar. La niña miró su dedo pegajoso y negro y entendió. Se lo llevó a la boca, feliz. Se chupó el dedo todo ese día.

Yo sé lo que deben estar pensando: malagradecida. Tenía comida, techo, trabajo, abrigo. Un sueldo fijo a fin de mes. Algo así como un hogar. Y me trataban bien, es cierto. Ni un solo grito en siete años.

A veces peleaban, eso sí. Discusiones sobre el jardín infantil, el futuro colegio de la niña y si acaso convenía que su hija se juntara con la niñita Gómez, tan cochina, los mocos siempre colgando de la nariz. Otras veces peleaban por plata. Gastos en camisas caras, en trajes de marca y zapatos italianos cuando el plan era ahorrar para una casa en un balneario con vista al mar. No gritaban, eso jamás. Uno que otro portazo y quejas murmuradas entre dientes que solo yo podía escuchar.

Después de las peleas a la señora le daba por el orden. Organizaba sus papeles, sus carpetas, doblaba las sábanas ya dobladas, sacaba las blusas del closet y las clasificaba según su color. Si no le gustaba algo, lo que fuera, se le ponía la cara roja:

No me toques los papeles, Estela.

¿Tú agarraste la carpeta azul?

Te voy a enseñar a doblar los calzones: un costado, otro, abajo, así.

¿Pasaste el plumero por los guardapolvos o quieres que me muera de alergia?

Una vez sacó todos sus zapatos del closet, decenas de zapatos alineados en la terraza y los lustró uno por uno. Le quedaron como nuevos.

Así se lustra, dijo al final, las manos negras de betún.

A los dos años exactos les pareció adecuado sociabilizar a la niña. Esa palabra usó el señor mientras terminaban el postre en el comedor. Oí la conversación mientras secaba los platos, los pocillos hondos para la sopa, los bajos para la comida.

La señora dijo:

¿No será muy chica?

Y el señor:

¿Y qué quieres? ¿Que se pase el día con la Estela?

El señor dijo que esos años eran determinantes. Que los niños que no iban al jardín se retrasaban en el colegio.

Está en edad, dijo. Hay que pensar en su futuro.

La señora asintió, o eso creo.

Unos días después le explicaron a la niña que iría a un jardín infantil. Iba caminando de un lado a otro, el señor y la señora cortándole el paso.

Te vas a portar bien, dijo el señor. Vas a ser la niña más inteligente.

Le mostraron el delantal celeste cuadriculado que tendría que usar. Un delantal distinto al mío, descuiden, abotonado de principio a fin, con un encaje blanco para adornarle el cuello a su niña linda. Yo misma le zurcí el nombre sobre el pecho: J-U-L-I-A. Iría de ocho a doce, de lunes a viernes y empezaría el siguiente mes. La niña los miró un segundo, a su padre, a su madre, y se llevó el pulgar a la boca. Pensé que empezaría a chuparse el dedo, pero no fue eso lo que pasó. Lo torció, examinó su uña y mordió cuidadosamente el borde. La señora le dio un golpecito en la mano.

No, eso sí que no.

El señor lo dejó pasar. Más tarde sí le preocuparía esa compulsión, la ansiedad con que su hija llevaba sus dedos meticulosamente a su boca. Nunca pudieron controlarla. Las uñas devoradas, las cutículas con sangre, el rigor con que pasaba de un dedo al siguiente, de una mano a la otra.

Esa noche no pude dormir, como tantas otras noches. Pensaba en la criatura, en sus uñas, en la adultez repentina de ese gesto, en sus manos rollizas y perezosas, siempre disponibles para llevarlas a la boca, para destruirlas con sus dientes. Yo jamás me comí las uñas, tampoco mi mamá. Para eso, me imagino, hay que tener las manos desocupadas.

Seguramente ustedes dirán:

«Los acontecimientos se desencadenaron a causa de la privación de sueño».

Escribirán:

«El insomnio le provocó confusión, alucinaciones, breves arrebatos de odio».

Concluirán:

«Dejó de distinguir el día de la noche, una orden de un favor, la realidad de la fantasía».

No se confundan, para qué: yo nunca he tenido fantasías. Están la realidad y la irrealidad, como lo muerto y lo vivo, lo que importa y lo que no, pero ya les hablaré sobre eso.

Esa noche me embistió una sed similar a la que tengo ahora. Como si la sequía viviera en mí, al interior de mi garganta. Abrí los ojos, me giré y revisé la hora en mi celular: una y veintidós. Es decir, recién corrían las dos veintidós de la madrugada. Nunca quise cambiar ese reloj al horario de verano. Solo el invierno dice la verdad, eso decía mi mamá, cuando llovía y llovía al otro lado de la ventana.

Me incorporé sobre la cama y estiré mi mano hacia el velador. Dejaba agua allí cada noche y me la tomaba sorbo a sorbo, hora tras hora, hasta que con el vaso vacío despuntaba el amanecer. Mi mano, sin embargo, siguió de largo hasta la mesa. Ese tropiezo me aterró. Mi mano esperaba el vaso y el vaso no estaba allí. Entonces pensé que tampoco yo debía estar allí; que si una mano intentaba tocarme encontraría un hueco sobre la cama.

El contacto de mis pies contra las baldosas me devolvió a mi propio cuerpo, pero de todos modos no pude sacudirme el malestar. Salí descalza, la garganta adolorida y caliente por la sed. Todos en la casa debían estar dormidos así que fui en mi camisa de dormir a buscar un vaso a la cocina. Deslicé la puerta y avancé en dirección a la alacena. La cocina también estaba oscura pero noté la luz del comedor encendida, la puerta entreabierta. Me pregunté si acaso yo misma había olvidado cerrarla.

No sé cómo no los escuché. Supongo que porque no esperaba oír nada, no esperaba ver a nadie. Empujé la puerta del comedor y entonces la vi. La señora estaba totalmente desvestida, de espaldas a mí. Sentada sobre la mesa del comedor, las piernas abiertas de par en par, iluminada por la luz amarillenta de la lámpara de pie. Sentí su respiración acompasada, como la de un animal cansado, y vi cómo su espalda se arqueaba levemente hacia atrás. Una espalda manchada de lunares, algo floja en la cintura, con la marca enrojecida de un sostén demasiado ajustado. De pie frente a ella, con los ojos cerrados, estaba el señor. Tenía los pantalones y calzoncillos recogidos en los tobillos pero la camisa, impecable, seguía abotonada hasta el cuello; esa camisa que yo misma había planchado por la mañana muy temprano.

Me quedé absolutamente quieta, sin saber qué hacer. Si no me movía, si no respiraba, a lo mejor no me verían. Lo quieto se confunde con el paisaje, eso decía mi mamá frente a la lechuza de manchas cafés que se mimetizaba con el canelo. Me mantuve inmóvil, con la sed intacta y los ojos fijos en ese hombre:

su piel tensa y roja, los labios entreabiertos, el ceño fruncido y los párpados tan apretados que sus ojos parecían hundirse en su cara. Embestía a su mujer de adelante atrás con cierto tedio, una y otra vez, una y otra vez esa cara cada vez más desfigurada. La señora no me vio en ningún momento, sus ojos apuntaban a la pared; pero los del señor, los de ese hombre, se abrieron de pronto. Me vio, estoy segura, pero eso no lo detuvo. Siguió ahí, en su comedor, culiándose a su mujer.

Sé que no transcribirán esa palabra, que se harán los mojigatos, pero es la que mejor describe lo que ocurría frente a mí: el marido se culiaba a su esposa entre ausente y furioso, adelante y atrás, cada vez más exasperado. Y ella parecía una estatua ahí sentada sobre la mesa, las piernas abiertas, el cuello tenso, la espalda a punto de partirse en dos.

Retrocedí aturdida y no del todo segura de si realmente estaba despierta, de si podría retornar a la habitación o si moriría de sed en ese lugar, a unos metros de la cocina donde la llave largaba una gota, otra gota, otra más, como una burla. Al retroceder, el piso crujió, él se detuvo y me vio. Esta vez no tuve ninguna duda. Primero mi cara, pero enseguida fijó sus ojos en mis pies. Y con la mirada puesta en los pies descalzos de su empleada doméstica, en los diez dedos que ya formaban una horma de humedad sobre el piso, empezó a moverse desesperado, gruñendo y gimiendo cada vez más.

Me giré sin un vaso en la mano, sin agua que calmara mi sed, sin saber si al entrar a la pieza encontraría a la otra mujer en la cama, la que por la mañana pasaría un trapo con lustramuebles sobre la mesa, la plancha hirviendo por la camisa, el quitamanchas para borrar los lunares de la espalda de su patrona. Deslicé la puerta, la cerré y constaté que la oscuridad continuaba allí, tan honda como antes. Me metí rápido entre las sábanas y quise dormir. Por una vez, dormir hasta el día siguiente, hasta el año siguiente, hasta la siguiente vida.

Al otro lado crecieron los gemidos, los de él más graves y largos, lo de ella agudos y entrecortados, y sentí un calor que no esperaba, un calor brusco, revulsivo, trepar desde mis pies. Los mismos pies donde él había clavado sus ojos desencajados. Los pies descalzos de su empleada en contacto con el piso. El calor subió por mis empeines, se abrió por mis pantorrillas, se ensanchó por mis muslos ahora blandos y tibios. Separé apenas las piernas. El calor seguía ahí. Afuera, los gemidos. Adentro, el silencio. Me puse boca abajo, con la cara aplastada contra la almohada y la sed como una grieta que bajaba por mi garganta hacia mi vientre. Me llevé los dedos a la boca hasta dejarlos húmedos y tibios. Y ahí, con los ojos cerrados, con esa sed que me mataría, con la oscuridad y la urgencia metidas dentro, me toqué cada vez más rápido, cada vez más fuerte.

No vi a la señora al día siguiente. Salió al trabajo sin despedirse y me llamó a eso de las tres.

Estela, anota, eso dijo la señora.

Instruida, trabajadora, una empleada discreta.

Debía descongelar las pechugas de pollo y rellenarlas con espinacas y almendras tostadas. También preparar unas papas al horno y un pisco sour bien seco.

Nada como un pisco sour hecho en casa, dijo, como si le hablara a otra persona.

La señora quiso saber si acaso yo conocía las medidas. Le dije que sí, pero ella las repitió de todos modos. Tres veces me advirtió que no se me pasara la mano con el azúcar.

Nada peor que un pisco sour dulzón, dijo.

Después me preguntó si acaso podía ir al supermercado.

Estelita, dijo, ¿puedes comprar amargo de angostura, limones y huevos orgánicos?

Me lo preguntó como si yo pudiera responderle no, señora, ¿sabe?, no voy, no tengo ganas, no dormí después de verla culiar con su marido en el comedor.

Sentí que algo se endurecía en mi cuello, como si una piedra brotara en el lugar más blando de mi cuerpo. Y la vi otra vez sobre la mesa, de espaldas, desnuda, sus piernas abiertas de par en par, pero en lugar de sus pies, los míos.

Esa mañana yo había trapeado y encerado, había cambiado las sábanas y toallas, había baldeado la vereda y dentro de unas horas llegarían invitados a cenar. Me hubiera gustado que me avisara antes, eso es todo. Dejar el encerado para después, dosificar las energías. Pero qué importaban mis energías. Discreta y cumplidora, partí rumbo al supermercado.

El calor, afuera, golpeó de lleno mi cuerpo. Un calor reseco, hostil, del que no había escapatoria. Anhelé el frío del sur, el ruido de la lluvia en el techo, pero me interrumpió el ensueño el muchacho que atendía en la bencinera. Al verme arqueó las cejas, alzó su mano y exhibió sus dientes. Los tenía pequeños, cuadrados, una risa de hombre bueno, diría mi mamá. La perra a su lado también me miró. El pelaje opaco, los ojos viscosos, era una quiltra cualquiera.

Hola, dijo él, como si ya me conociera.

No supe qué hacer, distraída como estaba en el pasado, y me salió un ademán torpe, parecido a una reverencia. Sentí la cara caliente y la boca tan seca como ahora. Él pareció darse cuenta y sonrió todavía más.

¿Las coleccionas?, dijo.

Me había estado espiando y ahora quería saber qué andaba buscando en el suelo. Por qué me agachaba y metía un montón de piedras en mi bolsillo.

Algo así, le respondí, y seguí mi camino.

Ya estaba varios metros más allá cuando volví a escuchar su voz.

Nos estamos viendo, eso dijo, y yo avancé todavía más rápido.

Ya había olvidado el encuentro cuando regresé a la casa. Solo podía pensar en el peso de esas piedras en mi delantal. Ovaladas, perfectas, no demasiado grandes ni demasiado chicas. Como las que recogía mi mamá en la playa y después tiraba al fondo del mar. Las escogía con mucho esmero, unas sí, otras no. Las planas las lanzaba al mar y daban saltos hacia el horizonte. Las más grandes las guardaba y las llevaba a la casa. Blancas, grises, negras, rayadas. Ahí deben seguir, en el borde de su ventana, como si miraran el mar. Las mías, en cambio, chocaban entre sí: tac, tac, tac, desde el fondo de mi bolsillo. Las dejé ahí y comencé los preparativos para la comida. Dibujé un tajo en la piel del pollo con el filo del cuchillo y con mis dedos separé el cartílago y la carne. En el medio, con cuidado, metí la mezcla de espinaca y almendras tostadas que había preparado antes de salir.

¿Aló?

¿Qué pasa?

Me pareció oír un ruido al otro lado. ¿Fue un bostezo lo que escuché? ¿Parezco libro de recetas? Pues bien, eso era la vida: pollo, cartílagos, que las papas no se pegaran a la fuente, que la locura no se adhiriera al cráneo, que los ojos no se salieran de las cuencas. Lavé las papas y sin quitarles la piel, las rebané en rodajas muy finitas. Las distribuí sobre una fuente de cerámica, las rocié con aceite de oliva, agregué romero y sal. Exactamente a las siete cuarenta de la tarde empezaría a hornear el pollo. A las ocho metería las papas al horno. Y todo estaría listo a las ocho treinta. Si los invitados llegaban puntuales podrían estar comiendo a las ocho cuarenta y cinco, en el postre a las nueve y media, en el bajativo a las diez, la loza lavada a las diez treinta, la cocina trapeada y yo en la cama cerca de las once de la noche.

El timbre sonó puntual. La señora quiso saber si acaso el pisco sour estaba listo. Me había pedido que lo preparara a último minuto.

Así no se le va la espuma, dijo.

Bien seco, repitió dos, tres veces.

Saqué la licuadora del estante y agregué las medidas de pisco, limón, azúcar, hielo, clara de huevo. Obediente, servicial, una empleada con buena mano. Al otro lado oí los saludos y las preguntas de rigor: la edad de la niña, el jardín infantil, el clima, el trabajo. Con cada respuesta fui sacando las piedras de mi bolsillo. Soltaban un ruido grave al sumergirse y se asentaban al fondo de la licuadora cubiertas por miles de burbujas. Se veían lindas, ahí abajo. Como las rocas de un mar amarillo. Las podría haber contemplado un buen rato de no ser por el apuro. Tanto apuro, siempre. Ajusté la tapa, apoyé mi mano, seleccioné el máximo de potencia y, sin pensarlo más, presioné el botón.

Al otro lado de la puerta se extendió un silencio tenso seguido del grito de la niña. El estallido había sido bastante ruidoso, como una explosión, y la había despertado. Oí que el señor iba a su pieza a tranquilizarla. La señora dijo:

Ya vengo, voy a ver qué pasó.

Del borde de la mesa se escurría una estela de líquido amarillento. Mi delantal estaba totalmente impregnado de alcohol. Pero en el suelo, a mis pies, entre los vidrios rotos y los hielos, las piedras seguían intactas, igualmente perfectas. Las recogí, las sequé con un paño y las devolví a mi bolsillo.

La señora entró a la cocina.

Qué pasó, eso dijo.

Vio los vidrios en el suelo, el pisco sour derramado, el aperitivo irrecuperable. Torpe, descuidada, una empleada manitos de hacha. No llegó a ver las piedras, o eso pensé.

Pronto se calmó y me dijo que no me preocupara, el aparato estaba viejo, ya era hora de reemplazarlo.

¿Estás bien, Estela?

Asentí, muda, con ese peso en mis bolsillos. La señora se acercó al refrigerador, sacó una botella de champaña y bruscamente se detuvo. Vi sus hombros tensarse y casi pude ver el rubor traspasarse de su cara hacia su nuca. Agachó la vista al suelo. Había una piedra húmeda y brillante al lado de su pie. Ella la vio y entendió, por supuesto que entendió. Se agachó lentamente y la recogió del piso. Al girarse sí pude ver su piel colorada y el temblor incontenible en su párpado izquierdo. Apoyó la piedra sobre el mesón y me miró fijo. Me gustaría describir esa expresión, pero no sé si seré capaz. Vean ustedes qué palabra nace al mezclar la sorpresa y el desprecio.

El silencio duró unos segundos, no demasiado. Afuera la esperaban sus invitados, una pareja de altos cargos en la empresa. Debía tranquilizarse, volver, guardar la compostura. Con esa voz aguda, entre dientes, la señora habló:

Te voy a descontar la licuadora, eso dijo.

Enseguida se enderezó, se dio unos golpecitos en la falda y volvió con sus visitas, gritando:

Alegría, alegría.

Me imagino que a estas alturas se preguntarán por qué me quedé. Es una buena pregunta, una de esas preguntas importantes. Estás triste. Eres feliz. Ese tipo de preguntas. Mi respuesta es la siguiente: por qué se quedan ustedes en sus trabajos, en sus minúsculas oficinas, en las fábricas, en las tiendas, al otro lado de esa pared.

Nunca dejé de creer que me iría de esa casa, pero la rutina es traicionera. La repetición de los mismos ritos, abrir los ojos, cerrarlos, masticar, tragar, cepillarnos el pelo, lavarnos los dientes, cada acto es un intento por domesticar el tiempo. Un mes, una semana, el largo y ancho de una vida.

La señora me descontó la licuadora, dio por superado el *impasse*, eso dijo, «Estela, doy por superado el *impasse*», y yo, en algún momento entre cocinar y dormir a su hija, tomé la decisión. Un mes. En un mes volvería al campo y escucharía la lluvia azotarse contra las planchas de zinc. Mejor allá que acá, mejor acompañada que sola, mejor el frío que el calor, las goteras que la sequía. No había ahorrado lo suficiente para ampliar la casa de mi mamá, para construir una pieza nueva, un nuevo baño para mí, pero qué importaba. Conseguiría un trabajo en la amasandería o recolectaría algas para los japoneses o incluso, de ser necesario, trabajaría en las salmoneras. Entonces mi mamá me diría no poh, Lita, eso no, por ningún motivo, pagan tarde, mal y nunca, les dan veneno a esos pobres bichos y después te enfermas y estiras la pata, sin saber por qué. Lo pensé varios días. Debía irme, sí o sí.

Bastó mi decisión, eso creo. Mi determinación fue suficiente para que sonara el celular y se vengara de mí la realidad.

Aló, eso fue lo que dije.

Y al otro lado:

Estela.

Era mi prima Sonia. Dijo que mi mamá se había caído. Se había trepado al manzano, la rama se había quebrado y también el hueso que unía su cadera y su rodilla. Plata, eso repitió la Sonia. Necesitaba plata para trasladarla del campo al consultorio, del consultorio al hospital, del hospital a la farmacia. Plata para comprar medicamentos. Plata para la comida. Plata para que ella pudiera faltar al trabajo y así cuidar a mi mamá.

Yo estaba en la cocina, sola. El señor había ido a pasear con la niña. La señora estaba en el gimnasio. Faltaba poco para la Navidad y yo tendría mis vacaciones. Dos semanas libres. Iba a viajar al sur. Aunque lloviera. Aunque hiciera frío. Aunque faltara plata para mercadería. Aunque goteara la lluvia en el suelo. Aunque se pudriera la madera. Casi podía oler el dejo salado de la brisa del mar. Ver el amarillo furioso de los espinillos en el camino. Ese fue el momento, supongo. El instante en que debí partir.

Decirle a la Sonia: voy para allá, llego mañana.

Y a la señora: renuncio.

Pero en lugar de eso alcé la vista y pasé mis ojos por las paredes, por el frutero colmado de higos, por el vapor que brotaba suavemente de la boca de la tetera, por la taza lista para recibir el agua recién hervida. Y pude ver a mi mamá. Mi mamá llenando un tazón con agua hirviendo y sumergiendo su índice y su pulgar para sacar cuanto antes la bolsita y usarla en otra taza de té. Yo la miraba sin entender cómo era posible que no se quemara. Los dedos en contacto con el agua, colorados e insensibles. Con los años lo entendí. Ahora yo también puedo hundir mis dedos en el agua recién hervida.

Comencé a depositarle plata el día treinta de cada mes. Casi todo mi sueldo directo a la cuenta de mi prima Sonia. Y mi mamá, aunque cojeaba, poco a poco volvió a caminar. Y la señora retomó su trabajo y yo seguí atrapada en el mío. Y pasaron las navidades y los años nuevos y la niña fue cumpliendo años. Y yo, en el intertanto, supongo que me acostumbré. O no, tal vez esa no sea la mejor palabra. Tarjen eso, por favor. Lo que pasó conmigo fue otra cosa: lo de los dedos en el agua hervida..., eso es, eso es.

A veces, por las noches, me preguntaba cómo serían sus recuerdos. Hablo de la niña, de quién más, de la niña muerta que nos tiene acorralados en este lío. Sé que ya no tiene importancia pero en ocasiones, después de bañarla, secarle el pelo y ponerle el pijama, después de ordenar sus juguetes y darle un beso de buenas noches, pensaba si acaso ella se acordaría de mí cuando yo no estuviera.

Yo, por ejemplo, recuerdo muy bien la primera vez que viajé desde Chiloé a Santiago. Me pareció que el aire olía a polvo, que hacía muchísimo calor y que la ciudad tenía solo dos colores: amarillo y café. Árboles amarillos, cerros cafés; edificios amarillos, plazas cafés. En esa época me divertía jugando juegos como ese: los colores principales, las palabras repetidas, el número de animales en el campo. También recuerdo haber visitado un cerro amarillo y café, y haberme subido al teleférico. El vértigo y el miedo me apretaron la garganta como si hubiese estado sola allá arriba. La cápsula oscilaba de un lado a otro y el corazón se me salía por la boca. Mi mamá estaba a mi lado tomándome la mano, pero el miedo la borró. En mi recuerdo yo estoy sola, suspendida bajo un cielo café y sobre una ciudad amarilla, donde pronto moriré.

La niña seguramente recordaría cenar pollo con puré, estar limpia y tibia y llevar la trenza francesa. Recordaría, sobre todo, cómo esa trenza le tiraba la piel en el nacimiento de su cuello y las manos que le separaban el pelo y lo entrecruzaban, mechón por mechón. A lo mejor, quién sabe, recordaría incluso mis manos como yo recuerdo las manos gruesas de mi mamá. Mi mamá paralizada en un camino de tierra porque se acercaba una jauría de perros salvajes. Mi mamá en cuclillas en ese sendero, solas ella y yo, ofreciéndole su mano al hocico de cada uno de esos animales. El dorso lacio y tembloroso ante esos colmillos afilados, el olfateo rápido, la duda, el lengüetazo amable. Me enseñó ese truco, mi mamá. Ofrecer la mano inofensiva para así demostrar docilidad. No, claro que no. La niña de mí no se acordaría, pero tal vez, si hubiese vivido, hubiese recordado mis manos.

Dormí con ella, con mi mamá, hasta mis siete años. Es curiosa la coincidencia, como si los recuerdos de la niñez se amontonaran a los siete años y después, paf, desaparecieran. Mi mamá trabajaba puertas afuera en una casona de Ancud. Salía del campo a la madrugada y volvía a las diez de la noche. Al llegar, ojerosa, resoplaba desde la puerta. Bufaba, en realidad. Y entre bufido y bufido se quitaba la parca, el polerón, el pantalón salpicado de barro. Yo me hacía la dormida y le espiaba el ombligo. Me intrigaba ese ombligo escondido en un pliegue de piel. Ya en calzones y sostenes, ella untaba un algodón con agua de lavanda y comenzaba su ritual. Lo frotaba por su frente, por sus mejillas, por su cuello, por sus brazos, por las palmas de sus manos; luego agarraba otro y lo refregaba por sus sobacos, por sus rodillas, por sus empeines y entre las membranas de los dedos de sus pies. Tardaban mucho esos algodones en recorrer toda su piel. Yo la miraba desde la cama y me preguntaba de qué tamaño sería la superficie de su cuerpo. Si acaso mi mamá restregaba esos algodones por un espacio tan grande como la pieza. Tan ancho como el campo. Tan largo como el mapa del país que colgaba del pizarrón de la sala de clases.

Cuando al fin terminaba, el canasto de basura quedaba lleno de algodones cochinos y mi mamá se ponía un pijama blanco y se metía entre las sábanas. Yo la esperaba despierta en la cama, aunque con los ojos cerrados. Quería que me contara algo de su día pero ahora entiendo por qué no hablaba. Qué me iba a contar. Ella, en un instante, se quedaba dormida. Toda mi mamá dormida, excepto sus manos. Sus dedos permanecían despiertos a lo largo de la noche. Se sacudían en breves espasmos, vibraban, golpeaban, como si ya no supieran, no pudieran, dejar de trabajar.

Es la impaciencia... ¿Eso les pasa? ¿Les hormiguean los dedos de las manos? ¿Les duelen las nalgas sobre las sillas? ¿Se muerden las cutículas a la espera de la ansiada causa de muerte? Esta historia es larga, amigos míos, ya habrán llegado por su cuenta a esa conclusión. Es anterior a mí, anterior a ustedes, mucho más antigua que mi mamá y que su propia mamá. Es una historia que nace de un cansancio viejo y de preguntas que presumen demasiado. ¿O acaso a ustedes les han preguntado si le tienen cariño a sus patrones? ¿Si quieren a su jefe, al supervisor, al gerente de personal? Yo les limpiaba la casa, desempolvaba sus muebles, les aseguraba un plato caliente por las noches. Eso y el cariño no tienen nada que ver.

El aseo a fondo se hacía los lunes. Qué digo: se hacía. El aseo lo hacía yo, aunque hacer tampoco es la mejor palabra. Hacer el baño. Hacer la cama. Como si yo misma los inventara.

La rutina de los lunes era esta: abrir de par en par el ventanal del living y empezar con las lámparas del techo. Mecerlas suavemente con el plumero y ver la lluvia de partículas doradas. Es importante empezar desde arriba para que el polvo se precipite hacia el suelo. Después sacudir los cojines, restregar las mesitas, frotar las hojas del gomero. Solo al final: barrer, trapear, encerar y lustrar. Y una semana más tarde, empezar todo de nuevo.

Hablo de los lunes, ¿me he excedido? ¿Oí una protesta al otro lado? ¿Querían las acciones importantes? ¿Las que hacen avanzar la historia? No pretendo entretenerlos. No tengo ganas de ser aguda. El principio es el lunes, en la mesa de centro: alzar el cenicero, el jarrón de porcelana, el libro de arte y el florero. Lustrar cada objeto con el trapo y apoyarlos provisoriamente sobre el sillón. Nada queda entonces sobre la mesa de vidrio salvo el mensaje de las cosas. En la superficie traslúcida de la mesa, el mismo secreto cada semana: dos esferas medianas, un cuadrado pequeño, un rectángulo grande. El polvo murmuraba ese mensaje cada siete días. Oculto bajo las alfombras, detrás de los cuadros, ese mismo secreto que yo debía desentrañar.

Pero me he despistado, sí, como los insectos que por volar muy bajo terminan aplastados contra el parabrisas. Creo haberlos escuchado al otro lado del cristal. Hablo con ustedes, los que toman notas, los que al final me juzgarán. Les incomoda mi voz, ¿me equivoco? Hablemos de eso, de mi voz. Esperaban otra, ¿no es verdad? Una más mansa y agradecida. ¿Están registrando mis palabras? ¿Están grabando mis digresiones? ¿Qué les pasa ahora? ¿La empleada tampoco puede usar la palabra digresión? ¿Me prestarían el listado de palabras suyas y mías?

Cuando salía de la casa a hacer las compras me divertía clasificando bocas: alegres, rabiosas, afligidas, neutrales. Comisuras hacia arriba y comisuras hacia abajo. Siempre esconden algo, las bocas, aunque nadie les preste mucha atención. Las palabras dejan huellas en su camino y dibujan surcos imposibles de borrar. Miren las suyas, si no me creen. Las huellas de palabras juzgadoras, de frases crueles e innecesarias. Y ahora observen la mía: labios finos, rosados, absolutamente lisos. La boca de alguien que ha hablado poco... hasta este momento, claro está.

Pero volvamos a mi voz: una empleada doméstica debería usar otras palabras, ¿no es así? Una voz apresurada, torpe, plagada de ce haches resbaladizas, de eses aspiradas. Otra voz para así distinguirla de entre todas las demás voces. Para identificarla sin necesidad de que se ponga el delantal.

Una vez la niña dijo «hubieron». Fue hace poco, ¿conocen esa historia? Ya que hablamos de las palabras, se las voy a contar.

Hubieron invitados a dormir, eso dijo mientras cenaban.

Al señor casi le da un infarto.

Hu-bo, se dice hu-bo, Julia, de dónde sacaste eso.

El señor pensó que la niña había aprendido esa palabra de mí. Que la empleada, frente a su hija, hablaba en su lengua inaceptable, en su dialecto entreverado de palabras incorrectas. Solo porque una vez, una sola vez, tuve lo que él bautizó como «un tropiezo».

Yo estaba bañando a la niña. Jamás le gustó que la bañaran. Era una lucha conseguir que se quitara la ropa y se metiera a la tina. Esa vez, sin embargo, lo logré sin mayor esfuerzo. La alcé, sus pies rozaron el agua y ella enseguida se sentó. Tres o cuatro años debe haber tenido. El agua le llegaba al ombligo.

Estírate hacia atrás, le dije. Vamos a mojarnos el pelito.

Ella no se movió.

Echa la cabeza hacia atrás, niña, hay que bañarse para ir al jardín.

El cuerpo duro, tieso. Entendí que no se movería. Intenté inclinarla, forzarla, tampoco lo conseguí.

Abrí la llave fría hasta el tope y con la cabeza de la ducha apunté directamente a su cara. Se asustó, cerró los ojos, se atragantó, pero no lloró. No se horroricen con esta historia. Todos perdemos la calma. La niña se quedó quieta, empapada, peligrosamente cerca de mi límite, mientras yo le refregaba el pelo y veía la espuma resbalar por su cara. Debieron de arderle los ojos, debió atorarse y tragar jabón, pero tampoco se movió.

Levantemos el bracito, le dije.

Otra vez, nada.

Que levantís el brazo, repetí.

Ni un solo movimiento.

La agarré con fuerza por la muñeca y la forcé a que alzara el brazo.

Debo haber dicho: hay que limpiar esos sobacos mugrosos o tienes los sobacos cochinos o a ver esos sobacos hediondos. No tengo la menor idea. Solo sé que el señor me escuchó y que desde la puerta, dijo:

No se dice sobaco, Estela. Se dice axila. Cuidado con esos tropiezos.

Pues bien, la niña, sentada a la mesa, frente a su padre y su madre, había dicho «hubieron» y de inmediato el señor me llamó al comedor.

Estela, eso dijo.

Y después:

Se dice hubo, la palabra correcta es hubo.

Todo esto es importante: la inclinación de las comisuras, las bocas apenadas o satisfechas, las letras que forman una palabra. La palabra rabia, por ejemplo, está compuesta de apenas cinco letras. Cinco letras, nada más. Sin embargo, mi pecho ardía.

¿Anotaron mi edad en sus registros? Estela García, cuarenta años, trabajadora de casa particular. Seguramente así me describieron y luego, a mis espaldas, comentaron esta cara devastada. La cara de una mujer de sesenta años, de ciento veinte millones de años. La piel floja en el cuello, las primeras canas en las sienes, arrugas aquí y allá, el cansancio abultándose en los párpados. Pero la cara, no se equivoquen, nunca dice la verdad. Una cara finge, miente, simula, oculta. Así que sus marcas son las marcas de las mentiras más frecuentes, de las sonrisas por cortesía, de las incontables horas de mal sueño.

La señora tardaba muchísimo retocándose frente al espejo. Se ponía crema, base, más crema y polvos que la hacían ver pálida, una muñeca de porcelana. La niña, a veces, la miraba desde los pies de la cama y copiaba sus gestos: cejas alzadas, labios fruncidos, párpados entrecerrados. Como si se probara, una a una, las caras que usaría en el futuro.

Una vez le preguntó a su madre por qué no me prestaba el maquillaje a mí.

Para que se vea blanca, dijo.

Limpia.

Yo, mientras tanto, sacudía las alfombras o ponía sus pijamas bajo la almohada o desempolvaba sus veladores.

Las caras mienten, ¿me siguen? Las manos no tienen alternativa. Las manos tersas de la señora, las uñas esmaltadas, brillantes. Ni una dureza, ni una arruga pese a ser unos años mayor que yo. Las manos inquietas de la niña, yendo siempre hacia su boca, los dientes encontrando las durezas, tirando hasta sangrar. Si no me creen, compruébenlo. Comparen sus manos y las mías, examinen la textura de sus yemas, si acaso hay grietas en sus nudillos, quemaduras en sus dorsos.

Un domingo, cuando recién llegué, decidí que dormiría todo el día. Claro que estaba cansada. Claro que sentía un desaliento. La noche anterior desconecté la alarma y me prometí a mí misma descansar. Dormir hasta que mi cuerpo ya no pudiera, ya no resistiera tanto descanso. A las seis de la mañana abrí los ojos. A las siete estaba vestida. A las ocho en la calle sin saber adónde ir. Es curioso, el cuerpo; es una máquina de rutinas.

Otras veces, la mayoría, prefería no salir el domingo. Me quedaba en la pieza de atrás, me tendía de espaldas sobre la cama y leía revistas, libros, lo que sea que encontrara. Otras veces llamaba a mi mamá. Hablábamos durante horas y ella me contaba de su hueso roto, de cómo la lluvia despertaba al dolor, de la lechuza que rondaba la casa augurando malas noticias. Yo nada más la escuchaba con los ojos cerrados, quieta, muda, y veía las imágenes revolotear entre su lado del mundo y el mío.

Hablaba mucho de su niñez. No lo había pensado hasta ahora. Supongo que mi presente y el suyo no merecían atención, pero en su infancia comía ulpo de miel y harina tostada, acariciaba a los terneros recién nacidos y veía pudúes salvajes. No sé cuánto sería verdad. Mi abuela había enviudado joven y mi mamá tuvo que trabajar desde niña. La mandaron como empleada a los catorce años y nunca más paró. Pero en su recuerdo era feliz, comía maquis del camino y en la noche se asustaba al ver su lengua teñida de negro en el espejo. Las dos nos reíamos con sus cuentos y nuestra risa sí era verdad. También era verdad que cuando ella hablaba el campo se ensanchaba a mi alrededor. Casi podía oír el chillido de los chanchos, el cacareo de sus gallinas, el aleteo de los cormoranes, los tábanos azotándose contra las ventanas. Más lejos: las toninas saltando sobre el agua y las olas lentas, firmes, creando el mismo rumor del viento en el entramado de los árboles. Hasta me parecía que podía oír las nubes raspándose unas con otras y oler las papas y las tortillas en el rescoldo de la fogata.

No sé por qué esa vez, una sola vez, la interrumpí y le pregunté por mi papá. Era una pregunta que había hecho años antes, todavía niña. Cómo dormiste. Amaneciste bien. Una pregunta sin importancia. Creo que ella no la esperaba. Se quedó callada un buen rato y después dijo:

Mocosa, dime si alguna vez te faltó algo.

No volví a preguntar.

En la isla, cuando niña, me pasaba todo el día sola. O no, borren eso. Estaban las vacas, los patos, los perros, las ovejas. Y eso, desde luego, no puede ser llamado soledad. A veces me pasaba la tarde leyendo. Libros viejos, pesados, que mi mamá traía de su trabajo cuando la patrona los iba a regalar. La vecina, además, tenía dos hijos de mi edad. Jaime y su mellizo, al que todos también llamaban Jaime. Así nadie se equivoca, decía mi mamá entre carcajadas. Trabajaban en el ferry, los dos Jaimes, desde que cumplieron trece años; día y noche, noche y día cruzando de Pargua a Chacao. En el verano rajábamos los neumáticos de los autos de los santiaguinos o reventábamos los huevos de los patos contra sus parabrisas delanteros. Otras veces los Jaimes desnucaban gorriones o se mordían los cuellos el uno al otro en el juego de los vampiros. De los mordiscos pasábamos rápido al juego de los besos. Yo le daba besos a un Jaime, después al otro Jaime, y los Jaimes también se besaban entre ellos, como quien besa un espejo. Mientras tanto, crecíamos, tal como crecía la niña. Y mi mamá seguía trabajando en la casona de Ancud, de sol a sol, decía ella, aunque amanecía en el camino.

Salíamos juntas de madrugada, exactamente a las seis, ella rumbo al trabajo y yo camino a la escuela. Antes de separarnos ella decía: «¿Llevas tu gorro, Lita?». Así se despedía mi mamá antes de tomar el colectivo. A veces yo sí llevaba el gorro y sin embargo ella decía: «No te olvides el gorro, potranquita, corre frío en las tardes y se congelan las orejas». Para mi mamá todas las enfermedades se contraían por la cabeza, así que yo debía usar ese gorro y aguantar el sarpullido de la lana. A veces, solo a veces, yo no me lo ponía a propósito para que así mi mamá me preguntara: «¿Y el gorro, pajarona?». Ahí yo corría a la casa y me ponía el gorro y al salir mi mamá me daba unas palmaditas en la cabeza. Pero si olvidaba preguntar, si no me miraba antes de irse al paradero, yo pensaba, aterrorizada: hoy es un día terrible, seguramente moriré. Y me quedaba a la espera de que la luz delineara las copas de los mañíos, mientras veía las letras de alguna canción evaporarse al salir de mi boca.

A la niña jamás le salía vapor de la boca. Se sentaba en la mesa de su cocina tibia o de su pieza siempre tibia o de su living también tibio y aprendía con un vaso de leche blanca y tibia frente a ella. Nadie le preguntaría jamás si llevaba puesto el gorro de lana. Yo amaba esa pregunta. Cómo amaba esa pregunta. Esa sí es una pregunta importante.

Cuando mi mamá no me atendía el teléfono, yo me quedaba quieta en la cama. Los pies alineados en equilibrio, las rodillas apenas separadas, la espalda en reposo, las manos sobre los muslos, la televisión de la pieza encendida. Me mantenía inmóvil, en esa posición, todas las horas que caben en un día libre. Y desde ahí, al fin quieta, veía pasar el inicio de las transmisiones, la misa de la mañana, los comerciales, las noticias del mediodía: descontento, deudas, listas de espera en los hospitales. Al otro lado de la puerta de vidrio, las siluetas también pasaban: el señor, la señora, la niña yendo y viniendo en la cocina. Más allá volaban los zorzales, un chincol picoteaba los capullos, se sacudían las hojas de las ramas por la brisa de la primavera. Todo vibraba, afuera, mientras el silencio, dentro de mí, lentamente se ensanchaba.

Debían pasar horas de espera, de absoluta inmovilidad. Hasta que la irrealidad, como una sombra, se desprendía de la realidad. Y yo podía ver el aire entrar y salir lentamente de mi pecho y las paredes resquebrajarse por algún temblor imperceptible y las alas de los tiuques, arriba, vibrar al contacto con el viento y el viento colarse entre los tablones de la casa del sur y el sur volverse tan palpable como el vacío que se apostaba en mi cuerpo. Entonces, ya lejos, volvía a contemplar estas manos: el dorso manchado por las quemaduras, la piel endurecida en los nudillos, las articulaciones inflamadas. Dos manos arrojadas sobre un cuerpo que lenta e irremediablemente moriría de tanta realidad.

Pero no me han encerrado aquí para hablar sobre mis manos. Sobre cómo me desconcertaba el contacto de mis propios dedos contra mis piernas. Cómo me costaba entender que esos eran *mis* brazos, que el aire entraba y salía de la armadura de mis huesos. Debía esperar mucho rato hasta poder incorporarme. Solo entrada la noche, cuando no había nadie en la cocina y la negrura atravesaba la puerta de vidrio esmerilado, yo erguía la espalda, me sentaba sobre la cama y apoyaba los pies descalzos sobre las baldosas. El frío se encumbraba por mis plantas y yo comprendía, al fin, que ese frío lo sentía *yo*, y que ahí seguía la realidad, dispuesta a atacar en cualquier momento.

Les imploro que no se exasperen. La vida tiende a ser así: una gota, una gota, una gota, una gota, y luego nos preguntamos, perplejos, cómo es que estamos empapados.

Ya les advertí desde un principio que esta historia tiene varios comienzos: mi llegada, mi mamá, mi silencio, la Yany, y lavar la loza y planchar camisas y llenar de mercadería el refrigerador. Pero cada inicio, inevitablemente, conduce al mismo final. Como los hilos de las telarañas, todos se conectan en el centro.

El veintitrés de diciembre por la noche dejé el pavo hundido en agua tibia. La señora compraba cada año un pavo de siete u ocho kilos, aunque solo cenaran los tres. Y como no cabía en el lavaplatos yo debía usar la tina para descongelarlo. La niña entró al baño, lo vio y preguntó si se podía bañar con él. Nos reímos todos: el señor, la señora, la niña.

El veinticuatro por la mañana lo saqué de la tina. Y mientras lo rellenaba con ciruelas y nueces bañadas en miel y merquén, la señora se acercó a la cocina y como al pasar, comentó:

Estela, te puse un puesto en la mesa.

A veces las preguntas le salían así, encubiertas. Quería saber si yo cenaría con ellos la Nochebuena. Cada año se sentiría obligada a hacerme esa pregunta solo porque yo, esa vez, cuando mi mamá se rompió la pierna, me encogí de hombros y eso me valió un puesto junto a ellos en el comedor.

Me puse una falda gris, una blusa negra y me pinté de rosa los labios. Todo lo hice con un peso, como si cada gesto me costara, mientras me repetía es otra noche, es otra cena, Estela, es para la pierna de tu mamá.

Cuando entré al comedor y la niña me vio arreglada y pintada, me apuntó y dijo:

La nana tiene ropa.

Esta vez nadie se rio, fingimos no escucharla.

A la cabecera se sentó el señor, a su derecha la niña, después la señora y luego yo, lo suficientemente cerca de la puerta que daba a la cocina.

El señor dijo:

Estela, tomas vino.

También esa era una pregunta. Tomé vino. Me serví un trozo de pavo y papas duquesas. Con los cubiertos de plata, los de ocasiones especiales, corté un pequeño bocado, lo monté en un pedacito de ciruela y lo metí en mi boca. Mastiqué y tragué, pero no pude saborear el pavo. Lo intenté de nuevo: carne, cebolla, ciruela, nuez. Otra vez a la boca. Tampoco lo pude probar. Sentía separadamente la mantequilla, la pimienta, el jerez, el aceite, la miel, la grasa gelatinosa; cada ingrediente que yo había usado a un abismo del otro. Porque las partes y el todo no tienen nada que ver. Porque no era una cena cualquiera. No era una noche como otras. Era la realidad, otra vez, la realidad y sus espinas.

Fui la única que no pudo terminar todo su plato. Los demás quedaron vacíos y quietos sobre la mesa. Tardé en entender, cuánto tardé..., pero finalmente retiré los platos y serví el postre para tres.

¿Qué les ha dicho la señora? ¿Les ha hablado sobre mí? Seguro declaró bajo juramento que su empleada tenía buen carácter, que era cumplidora, humilde, agradecida, silenciosa, que aparentaba ser una buena mujer. Y cuando le preguntaron sobre sí misma, dijo: «Mara López, abogada», como si esas tres palabras fuesen una verdadera definición. Yo les daré una definición, escriban lo siguiente:

Desayunaba medio pomelo y un huevo a la copa sin sal.

Tomaba un café al despertar y a las ocho ya había salido.

Volvía a las seis de la tarde y se comía una galleta de arroz.

Cenaba rúcula y semillas, achicoria y semillas, espinaca y semillas, repollo y semillas.

Después, a escondidas, se comía una marraqueta con queso y se tomaba una copa de vino blanco con un puñado de pastillas.

Pregúntenle a ella por las pastillas. Yo solo las veía semana a semana en el tacho de la basura: escitalopram, ravotril, zolpidem y, una vez al mes, la tira vacía de anticonceptivos. Pero quién no toma pastillas. Incluso a mi mamá, una vez, le recetaron unas pildoritas. Fue al doctor porque le dolía el pecho, dijo que tenía un pozo en el centro y que a veces, por las noches, no podía respirar hasta el final. El doctor la auscultó, ella tosió y le hizo un montón de preguntas raras: si era feliz o infeliz, si tenía deudas, presiones, si acaso estaba estresada, si tanto frío la entristecía. Salió con una receta de tranquilizantes y su pozo solo se ensanchó.

Era una buena mujer, la señora. Se los he dicho otras veces. Me trataba bien, nunca gritaba, e hizo todo lo que debía hacer para convertirse en ella misma: estudiar, titularse, casarse, tener una hija. Y trabajaba duro, sin duda. Volvía cansada y decía:

Estoy muerta, Estela.

Como si el cansancio fuese la mayor evidencia de su éxito.

Y a su hija la quería, por supuesto que sí. La adoraba como a un objeto hermoso y frágil, que se podía romper.

Cuidado con el sol, Julita.

Ponte bloqueador en las orejas.

Toma agua, dale, que te puedes deshidratar.

Cuando empezó a rechazar la comida, la señora no sabía qué hacer. Miraba el plato intacto, a su Julia, otra vez el plato. Pero si yo le servía un poco de helado o le compraba una golosina con el vuelto, la perorata era imposible.

¿Qué te he dicho, Estela? Azúcar no, por ningún motivo. Es adictiva, ¿sabías? La Julia se llena de dulces y después no quiere comer.

Otras veces la niña le impedía trabajar. Se metía debajo de su escritorio, se cruzaba de brazos y piernas y no había quien la moviera. La señora se desesperaba.

Estela, encárgate, me decía en la cocina.

Yo iba al escritorio y la niña me miraba llena de odio, aunque ese odio no estuviera dirigido a mí. Se mecía adelante y atrás, se mordía obsesivamente las uñas. Llegaban a sangrar, ¿ya se los dije? Más de una vez le sangraron los dedos, las uñas rodeadas de una costra roja que ella miraba perpleja, como si no le perteneciera.

Una sola vez conseguí sacarla de ahí abajo con una promesa. Dije:

Niña, si sales, te hago la trenza francesa.

La niña me miró, lo pensó.

Quiero que me la haga mi mamá, eso dijo.

Se lo prometí y ella salió, entre desconfiada y contenta. Fui al dormitorio de la señora y le expliqué la situación. No sé si en su mirada había furia, o tal vez pena, quién sabe.

No sé hacerla, dijo. Hazla tú, estoy ocupada.

El llanto solo se terminó cuando la niña se quedó dormida.

Por las noches, después de cenar, la señora se desplomaba sobre el sillón a contestar los correos que no había respondido, hablaba hasta tarde por celular, daba instrucciones de todo tipo: finiquitos, contrataciones, compra y venta de terrenos. Es verdad que trabajaba mucho. Se desvivía por ese trabajo. Sembrar tupido, aprovechar la tierra, regar poco, talar a tiempo. ¿Sabían que los pinos se agarran y se tiran de la cabeza? Eso decía mi mamá. No tienen la culpa, los pobres pinos, los arrancan del pelo y chillan, cómo chillan esos pinos. Los apiñan en el terreno para que se ahoguen, para que crezcan débiles e indefensos. Después los descortezan, los remojan en ácido, los cuecen, los muelen, los venden desfigurados. Los ríos que los riegan quedan malditos, eso decía mi mamá, pero ahora sí me fui por las ramas, como si las ramas todavía existieran.

Yo, a veces, la observaba comer. Se servía un cerro de lechuga y lo devoraba de pie, en la cocina, la cara apuntando a la pantalla del televisor: protestas estudiantiles en todo el país, violento asalto a condominio privado, millones de pejerreyes varados en las costas del sur. Le preocupaban los asaltos y la violencia de los delincuentes. Entonces decía, angustiada:

No le abras a nadie, Estela, por ningún motivo abras la puerta. Están robando. Están quemando. Están saqueando en todas partes.

A mí, en cambio, me preocupaba mi mamá, así que si las noticias mencionaban las costas del sur yo alzaba la vista por si ella aparecía con sus botas de goma, con su nueva cojera, con su pozo en el pecho, recolectando cochayuyos para acompañar las papas cocidas. Mientras tanto, la señora se llevaba cada hoja a la boca, sin mancharse las comisuras. Impecable, bajo control. Sería una anciana elegante algún día. Maciza, con un traje de dos piezas y un único anillo en su dedo anular. Una mujer sobria, esa es la palabra. Una mujer sobria con su solitario diamante en la mano derecha. Una piedra que heredaría su hija, esa niña excepcional que se transformaría en una muchacha excepcional, luego en una mujer excepcional y, finalmente, en mi jefa.

Los hijos siempre eligen a cuál de sus padres parecerse. Piensen en su padre, en su madre, en la lejana decisión que un día tomaron.

Y por más que la señora lo negara, esa niña se reía como su padre, hablaba como su padre, incluso me miraba como él. A sus siete años ya estaba colmada de confianza.

Recuerdo su tercer cumpleaños. Lo celebraron en la terraza, alrededor de una mesa con una gran torta de merengue en el centro. Los invitados eran el hermano del señor, su esposa y dos colegas de la señora. No había otros niños, ¿saben? Rara vez hubo otros niños en esa casa.

La señora me fue a buscar a la cocina y me dijo que también yo fuera a cantar el cumpleaños feliz. No recordaba que cantar estuviese en la descripción del trabajo. Es una broma, tranquilos. Una de esas bromas que sirven para decir la verdad.

Nos paramos alrededor de la niña, salvo el señor, que filmaba. Él les mostrará la grabación. En el video no se ven los invitados, solo la torta y la niña. Se oye el canto, cantamos. También yo canto en el video. Es posible distinguir el timbre más grave de mi voz. Esa noche, cuando la oí reproducida una y otra vez mientras cenaban, pensé: Estela, esa es tu voz. Y me pareció imposible.

La niña cumplía ese día tres años, ¿ya se los dije? Y con apenas tres años y el rostro muy serio posa sus ojos en cada una de nuestras caras. Véanlo ustedes mismos. La expresión de esa niña que de pronto parece tener ochenta años. Esa niña que no envejecería jamás porque su cara, la de su infancia, ya contenía todas sus futuras caras. A veces pienso que por eso murió. Se quedó sin gestos para el futuro. Pero es un pensamiento absurdo. Borren eso, por favor.

Cuando cumplió siete años, su padre decidió enseñarle a nadar. Este es un acontecimiento importante. Otro comienzo de la historia que va directo al final. Mandó a limpiar la piscina para entrenar personalmente a su niña linda. Para que bajo ninguna circunstancia se le fuera a morir ahogada.

Era muy chica todavía y detestaba el agua. Ya les he dicho que lloraba a gritos cada vez que le tocaba bañarse. Recién nacida yo la tomaba en brazos, calculaba con mi codo la temperatura y canturreaba para despistarla. Inútil. En cuanto acercaba sus piecitos al agua largaba un grito desconsolado. Cuando creció aprendí a negociar: una hora de monos animados, dos horas de videojuegos. Ahí conseguía que se quitara la ropa, pero la mueca de horror solo se esfumaba cuando volvía a estar seca.

Yo estaba en la cocina preparando el almuerzo. Cortaba en rodajas un tomate o remojaba lentejas, quién sabe. Afuera escuché el chapoteo del agua y me asomé por el ventanal del comedor. El señor se había zambullido y le gritaba a la niña que no fuera gallina. La señora los observaba desde una reposera, vestida y con un sombrero de paja. Y la niña se debatía entre uno y otro, sin saber qué hacer.

Se acercó al borde del agua. El sol había calentado las piedritas de la orilla y la niña alzaba y bajaba los pies enrojecidos por el calor. Avanzó hasta las escaleras, se agarró de la baranda y comenzó a bajar los escalones. Su cuerpo desaparecía a cada paso y ella temblaba, cómo temblaba. Debía haber treinta grados y la niña tiritaba como una hoja. La señora gritaba desde su silla. Que la dejara en paz, a la pobre, pero ya conocen el carácter del señor.

Cuando se había hundido hasta la cintura, él la alzó en brazos y se la llevó al fondo. La niña gritó y le rodeó el cuello, pero pronto se quedó muda. Iban de un lado al otro por el agua, saltando, sonriendo. Yo los espiaba, adentro, tal como me observan ustedes, vigilaba al padre y a la hija, su felicidad como una esfera de cristal que los envolvía.

Al cabo de un rato el señor consiguió sostener a su hija por el estómago y que ella flotara boca abajo. Aprendía rápido, la niña. Todo lo aprendía con urgencia. Vi que ganaba confianza, empezaba a patalear con más fuerzas, la cabeza asomada en la superficie, el cuerpo en manos de su padre. El señor sonreía y gritaba:

Más, más, más.

La niña se movía con destreza, pataleaba con más confianza. La señora se incorporó y se quitó el sombrero. El señor seguía gritando:

Eso es, eso es.

De golpe, se calló. En el instante en que soltó a la niña y se alejó un paso de ella, se quedó en silencio y alzó los ojos en dirección a su esposa. Esa mirada de satisfacción. Cómo detestaba yo esa mirada.

La señora se asustó y alcanzó a dar dos pasos en dirección a la piscina. Incluso yo me alarmé y salí al jardín. La niña se hundía pesadamente, daba manotazos desesperados. El señor estaba a su lado, apenas a un metro de su hija. La señora gritó e ignoro si yo también grité. No demoró demasiado. La niña, movida por quién sabe qué fuerzas, sacó la cabeza fuera del agua. Su cuerpo había entendido. Llegó a la orilla con su propio impulso, se ayudó con los brazos, sacó su torso y se giró. Ambos se miraron por un segundo, el padre y la hija, triunfantes.

A la mañana siguiente de esa lección, yo estaba barriendo el pasillo cuando oí el zambullido. Y esta fue mi reacción: correr al jardín. Ahí tienen la respuesta a sus sospechas. La empleada corrió desesperada, con un solo pensamiento en la cabeza: la niña, envalentonada por la lección de la mañana anterior, se estaba ahogando. Atragantada por el agua, azules las uñas, exhausta por el aleteo inútil, semimuerta. Salí y me detuve en seco. En la parte más honda, la niña asomaba la cabeza, ambas manos asidas a la orilla. Frente a ella, afuera, el señor. Y en la boca del señor, una palabra:

Húndete.

La cabeza se hundió. Miles de burbujas se abrieron paso mientras el pelo negro ondulaba bajo el agua. Segundos después, la exhalación.

Otra vez, dijo el señor. Y agregó:

Te quiero ver salir del agua sin ayuda, sin usar las escaleras.

La niña, esta vez, se hundió mucho más y mientras desaparecía en la parte más honda, se dio impulso e intentó salir. No lo consiguió. No había empleado todas sus fuerzas.

Otra vez, dijo él.

No sé cuántas veces lo intentó pero en el filo de sus fuerzas la niña consiguió treparse fuera del agua. Se quedó en el borde de la piscina, boca abajo, agitada. La piel erizada por el frío. La tos sacudiendo su espalda.

Muy bien, dijo él. Ahora párate.

La niña se puso de pie.

No te asustes, dijo él.

No entendí a qué se refería. No había motivos para asustarse. Ya estaba afuera, la niña. A salvo, en la orilla.

Conserva la calma, agregó el señor, aunque creo que no alcanzó a decir la palabra calma. A medio camino la empujó.

La niña cayó de espaldas en el agua. El golpe sonó fuerte y hueco. El señor no se movió. Se parecían tanto la hija y el padre. Dos gotas de agua. Él se restregaba las manos. Lo hacía cuando discutía con la señora, cuando la niña se negaba a comer o se equivocaba con una palabra. Y ahora se restregaba las manos porque su hija estaba tardando demasiado. Esta vez no había alcanzado a hinchar sus pulmones con aire. El cuerpo caía inerte cada vez más hondo y desde el fondo, abajo, la niña parecía responderle «no te asustes», «conserva la calma», «voy a contar hasta tres». Era una prueba de fuerza.

El señor se acuclilló en el borde del agua y yo salí al jardín. El cuerpo seguía bajando. Él estuvo a punto de lanzarse a salvar a su hija. A su niña linda. A su gota de agua. No fue necesario. La niña reordenó sus brazos, sus piernas, encontró el fondo con las puntas de los dedos de sus pies y se dio impulso. Cuando salió a flote, respiró, se trepó al borde y se puso de pie sobre la orilla. Tosió, cómo tosió. Tenía los ojos rojos pero una sonrisa satisfecha. Y estaba a punto de lanzar una carcajada cuando el señor la empujó una última vez.

Supongo que he tardado demasiado, he abusado de su tiempo. Quieren que les hable de la muerte, imagino que por eso me tienen aquí. Muy bien, aquí voy, graben esto en sus papeles: la muerte puede esperar. Es lo único que realmente puede esperar en esta vida. Antes deben entender la realidad, cómo se ensanchó semana a semana; cómo se apoderó de mis horas, de cada uno de mis días, hasta que ya no pude, ya no supe cómo salir de ahí.

Decidieron organizar una fiesta; hablo del último Año Nuevo, del año en que la niña moriría. Una celebración con máscaras y champaña y música a todo volumen. Treinta invitados, dijo el señor. Treinta y dos si se contaban ellos. Treinta y tres con la niña. Supongo que yo era la número treinta y cuatro.

La señora se acercó a la puerta esmerilada una semana antes de la fiesta y sin entrar, sin mirarme, empezó a sumar y restar. Solo ella discutía temas de plata conmigo. Aunque discutir no es la mejor palabra:

Te deposité el sueldo, Estela.

Aquí hay veinte mil para las verduras.

Déjame el vuelto en el velador.

Te agregué un aguinaldo por diciembre.

Ya he dicho que eran buenos conmigo. Generosos, transparentes. Y confiaban en mí.

La señora dijo esa palabra: necesitaban a alguien de confianza. Leal. Presentable. Una criada excepcional. Yo debía viajar al sur pero tampoco ese año viajé. Supongo que no fui por orgullosa, para no darle la razón a mi mamá. Para no admitir que sí, era preferible el sur. Con sus goteras. Con sus heladas. Con sus vecinos chismosos husmeando por las ventanas. Potranca chúcara, dijo mi mamá cuando le anuncié que buscaría trabajo en Santiago. Y en eso también tenía razón.

Recuerdo que el señor justo entró a la cocina a buscar quién sabe qué. Escuchó a su esposa y también él quiso opinar sobre el Año Nuevo.

Es una noche cualquiera, dijo, pero vas a ganar el triple.

Y después, entre risas:

Hasta yo lo consideraría.

Hasta él consideraría trabajar de empleada en el Año Nuevo, eso fue lo que dijo, y largó una carcajada vacía.

Los invitados comenzaron a llegar cerca de las nueve de la noche. Colegas, parientes, gente que yo jamás había visto. Tocaban el timbre y entraban arreglados, fragantes. Breves gritos de excitación. Preguntas que nadie respondía. La niña era la única de mal humor, aunque eso no la describe realmente. Llevaba días casi sin comer, casi sin conciliar el sueño. Le molestaba el ruido, la irritaba la gente y le daban miedo las máscaras. Lo cierto es que llevaba un tiempo así. Digo «así», pero ya encontraré la palabra exacta.

No la eché cuando entró a la cocina ni la reté cuando quiso ir a la pieza de atrás. Nunca la dejaba entrar, pero mientras viera la televisión sin molestar, esa noche no tenía problema. Me miró perpleja una vez que estuvo dentro de la pieza, se sentó en la orilla de la cama, encendió el televisor y las horas pasaron como suelen pasar. Celebraciones de medianoche en Beijing, en Moscú, en París, fuegos artificiales en Londres y Madrid, eso anunciaban los noticieros. Yo escuchaba la televisión entreverada con el tintineo de las copas. El nuevo año llegaba a todo mundo; sería imposible detenerlo.

Con una frecuencia exasperante, como si dijera una palabra por vez, la señora aparecía en la cocina, asomaba su cabeza por la puerta y decía, con una voz cada vez más pastosa:

Sirvamos los canapés, Estela.

Refrigeremos la champaña.

Lavemos las copas de vino.

Retiremos los platos de la mesa.

Eso significaba que yo debía servir los canapés, lavar las copas de vino, helar la champaña y levantar los platos sin arrimarlos, sin torpezas.

El tiempo pasó. Una hora, una semana, toda una vida. Debí preparar lentejas para que a ellos les abundara la plata y lavar racimos de uva para su buena suerte. En el sur el Año Nuevo era totalmente distinto. Íbamos con los Jaimes, con la Sonia, con mi mamá hasta la orilla de la playa y veíamos a la medianoche las bengalas despedidas desde los botes, los pescadores implorando con esa luz un año de cardúmenes de merluza, de erizos sin veda, de mar sin marea roja. Creo que en eso estaba, pensando en el sur, cuando me sorprendió el conteo. Me asomé al comedor. La niña corrió y se abrazó a las piernas de sus padres.

Diez, nueve.

Gritaban al son de la radio, a todo volumen.

Ocho, siete.

Se abrazaban, se juntaban de a pares, de a tríos y se tomaban de las manos.

Seis, cinco.

El señor, la señora y la niña juntos, sonriendo.

Tres.

Dos.

Uno.

Se acaba otro año, pensé.

Se abrazaron y se besaron. Se desearon éxito, amor, dinero, salud. Invocaron trabajo y abundancia. Se palmotearon las espaldas y las mejillas. Se emocionaron, yo los vi. Bajo el umbral de la puerta de la cocina, yo los miraba y sin querer, sin poder evitarlo, sonreía. Sonreía porque así somos las personas. Sonreímos y bostezamos cuando los otros sonríen y bostezan.

Cuando terminaron los saludos siguió esa pausa en que nadie sabe qué hacer. Porque absolutamente nada había cambiado. Era otro minuto, otra hora, el paso despiadado de la vida. La señora, en ese momento, alzó la cabeza y me vio. Se acercó contenta, me rodeó los hombros con un brazo y con la otra mano me entregó una copa colmada de champaña.

Mi Estelita, feliz año, dijo, y me dio un beso en la mejilla.

La siguió el señor.

Que sea un lindo año, Estela.

Y luego, uno a uno, todos los invitados.

Estelita, que sea un año genial.

Que se te cumplan todos los deseos.

Cuidado con la champaña, no se te vaya a subir a la cabeza.

Alegría y amor.

Salud y dinero.

Dinero y buena suerte.

Treinta y dos veces, lo dijeron. Treinta y dos veces no dije nada. La señora no se apartó de mi lado. Sin quitarme el brazo de encima, sonriéndole a su público, la señora me exhibía.

Y sonreía con una sonrisa que no estaba dirigida a los demás, sino a ella, a sí misma.

Ignoro lo que ocurrió después. Imagino que ellos volvieron a la fiesta y que yo regresé a la cocina. Sí recuerdo haber entrado a la pieza de atrás y haber comprobado que adentro ya eran las doce diez del nuevo año.

Se deben haber ido de la fiesta a las cuatro o cinco de la mañana. Y cuando ya amanecía, después de haber trapeado y secado, desinfectado y ordenado, me desplomé sobre la cama. Al otro lado del vidrio esmerilado, más allá de la cocina, el sol se asomaba tras los objetos, delineando sus contornos.

Cerré los ojos. Un pitido agudo e intermitente me zumbaba en los oídos. Me latían las sienes. Asomaba el dolor de cabeza. Por un instante, dudé. Tal como había dudado el primer día, cuando llegué a esa casa, otra vez esa duda. No supe si esa noche realmente había ocurrido; si todo eso era verdad. Me senté en la orilla de la cama y clavé los ojos en la luz que se colaba por el vidrio esmerilado. Entonces tuve una idea muy extraña pero más real que haber lavado y secado cada uno de los tenedores de la casa, más real incluso que el tacto de mis dedos contra la tela del delantal. Pensé que yo, es decir, esa mujer sentada sobre la cama, vivía solo provisionalmente. Eso fue lo que pensé. Como en una película que tarde o temprano terminaría y yo tendría por delante, inmensa y luminosa, la verdadera realidad.

Déjenme adivinar lo que les dijo la señora sobre la niña. Delicada y tímida, hermosa, cuánto la amaba. Dulce, inteligente, una niña perfecta. Algo mañosa, brillante, ciertamente excepcional.

Me molestaba poco, en general. Con frecuencia se pasaba la tarde en su pieza, acuclillada sobre la alfombra, cercada por sus decenas de juguetes. A veces me daba la impresión de que jugaba como si tuviera que hacerlo, como si presintiera la desilusión de su madre ante esa niña taciturna y solitaria. Para qué se habría sumado al mundo alguien tan triste, pensaba yo. Debía rodear su silencio con cuidado si quería interrumpirla. Y cuando lo hacía ella alzaba la cabeza y me miraba asombrada, como si hubiese olvidado quién era ella o quién era yo.

Una tarde consiguió devolverse más temprano del colegio, ¿conocen esa historia? La profesora llamó al teléfono fijo, dijo que la niña se sentía mal y que la mandarían a la casa de inmediato. Era jueves, lo recuerdo bien porque le tocaban actividades extraprogramáticas: danza, francés, karate, perdí la cuenta. Se bajó del furgón escolar sosteniéndose el estómago, el borde de los párpados rojizos, los ojos hundidos en la cara. Por un segundo creí que estaba realmente enferma así que me agaché y apoyé mi mano sobre su frente. Le brillaban los ojos pero su piel me pareció templada y seca. Esperó a que estuviéramos adentro y empezó a correr. Se había peleado con una compañera o se había aburrido, quién sabe. Hacía lo que fuera necesario con tal de conseguir lo que quería. Idéntica al señor, ya se los dije, y ese día celebraba su triunfo corriendo y gritando por la casa.

La ignoré mientras terminaba de planchar la pila de ropa blanca. Sábanas, toallas, blusas, calzones. Cuando comprobó que el canasto estaba vacío, me convenció de salir al jardín. Estaba inquieta, esa tarde. Quiso que le hiciera un peinado. Dio vueltas de carnero. Pateó una pelota. Saltó la cuerda. La impaciencia le cosquilleaba en los pies. Al final, se le ocurrió una idea. Yo debía recostarme sobre la tierra, cerrar los ojos y esperar.

Le dije que no, por ningún motivo. Se me iba a ensuciar el delantal, no tenía tiempo para tonterías. Debía adobar la reineta, freír el ajo para el arroz, remojar en antimanchas un abrigo, trapear y ordenar su pieza. Pero la niña, como siempre, se salió con la suya:

Un ratito, dale, qué te cuesta, nana.

Me eché de espaldas sobre la tierra, bajo el cielo abovedado de la higuera. Nunca había estado ahí, era una perspectiva nueva: el revés de un árbol que creía conocer tan bien. Las ramas chirriaban cargadas de frutos hinchados y negros y las hojas vibraban por una brisa apenas perceptible. La niña se sacó los zapatos, se arrodilló junto a mí y enterró el mentón en su pecho. Enseguida entrelazó sus dedos a la altura de su ombligo. Al parecer el juego consistía en fingir un funeral. Murmuraba frases y se mecía de adelante hacia atrás. Y arriba, sobre su cabeza, también se mecían las ramas de la higuera. La espié un buen rato sin saber en qué consistía mi papel, hasta que de pronto, como si despertara, abrió los ojos e irguió su espalda. Me sonreía, burlona; se le había ocurrido una idea.

Observé su nariz puntiaguda, su cuello largo y quebradizo, la línea marcada de su mandíbula. Había adelgazado, eso pensé. Y tanta fragilidad me recordó la muerte. Sus ojos, sin embargo, seguían vivos. Unos ojos oscuros y grandes que me examinaban con detención.

Creo que me tuvo ahí al menos una hora. El cielo se volvió cada vez más negro y se me fue la mirada allá arriba, entre los higos negros y las hojas negras y una desconocida sensación de calma. Entonces sentí las manos de la niña. Manos pequeñas que recorrían rigurosamente mi cara. Mi frente. Mis párpados. La punta de mi nariz. Recuerdo que me pregunté en ese momento si acaso era feliz. Una felicidad serena y asfixiante. Las manos se detuvieron en el borde de mis labios. No, no era feliz.

Con un tono grave, la niña dijo:

Abre la boca, nana. Y cierra los ojos.

Yo, quién sabe por qué, le obedecí. Sentí que mis ojos se hundían al fondo de mi frente. Y abrí mi boca como si un higo fuese a posarse sobre mi lengua. La niña, en ese instante, hizo un movimiento brusco y sentí cómo mi boca, toda mi boca, se llenaba de un grueso puñado de tierra.

La niña salió corriendo por el jardín, riéndose a carcajadas. Yo me paré, volví a la casa y me encerré en el baño de la pieza de atrás. Me enjuagué la boca muchas veces; bocanadas barrosas, polvorientas. No estaba enojada, si eso es lo que me quieren preguntar. Mi turbación fue mucho mayor. Creo, incluso, que sentí un poco de miedo.

Cuando se aclaró el agua de mi boca, me cambié el delantal, sacudí la tierra de mi pelo y volví a recogerlo en un moño. Desde afuera, en ese momento, escuché el grito.

La niña cojeaba pero no se atrevía a entrar a la casa. Sus padres debían estar por llegar. Temía que yo la acusara, que le dijera a su padre que tenía una hija mentirosa, que había fingido sentirse mal para volver temprano a la casa. La llamé desde la ventana y le pregunté qué le había pasado. Ella no contestó. Salí y la tomé por las axilas, como si aún fuera una criatura. Cuánto había crecido.

Con un enorme esfuerzo la levanté, volví a la cocina y la senté sobre el mesón. Estaba descalza y noté su dedo meñique completamente deformado. Ella se quejaba, gruñía. Un quejido que no demostraba dolor. La niña estaba furiosa, roja de odio.

Busqué un hielo y al acercarme vi que la había picado una abeja y que la lanceta aún colgaba de la piel tirante y colorada. Ella apretaba los dientes. Solo esa queja ahogada. Arranqué la lanceta con mis uñas, la apoyé sobre la palma de mi mano y se la mostré. Ella seguía hundida en su rabia, inalcanzable. Refregué el hielo con la otra mano para adormecer el dolor. Entre soplido y soplido, le dije:

La abeja está muerta.

Logré capturar su atención. Ahora me miraba, curiosa, primero a mí, después la lanceta. Le dije que al clavarle su veneno ese insecto hermoso y noble, con una cabeza negra como una joya y el torso enchaquetado en un abrigo de piel, ese pequeño animal había lacerado su propio cuerpo. Se había abierto un tajo que le había atravesado el vientre y luego había muerto al enterrarle esa espada en el dedo.

Sus ojos grandes, hondos, cómo brillaban. Le mostré la lanceta y le dije:

Estos son los restos, niña. La espada y los restos.

Le dije que picarla había sido un castigo. Un castigo para sí misma. Y que ese tipo de castigo se llamaba sacrificio.

La niña tragó saliva. Miró la lanceta y supe exactamente lo que pensaba. Había crecido, es verdad, era inteligente y extraña, pero no la creí capaz.

Le di un beso en la frente y la ayudé a pararse. Contemplaba su dedo del pie como si allí se ocultara algún misterio. Me acuclillé frente a ella y, adelantándome, le dije:

Escúchame, niña. Esto no es como un favor. Los sacrificios no se devuelven.

Ella sonrió, pero supe que ya no me escuchaba.

El dolor de espalda empezó esa misma madrugada. Por alzar a esa niña ya no tan niña, por olvidar mi propio cuerpo. El señor, con su voz de doctor, me indicó que tomara unos analgésicos. Tres veces por día, dijo y los dejó sobre la mesa de la cocina. Me tomé uno, dos, pero ahí seguía ese latido, estrangulándome la cintura, agarrotándome las piernas.

Cuando se fueron al trabajo y la niña al colegio, entré a la pieza de la señora. Guardaba todo tipo de pastillas en el cajón de su velador: relajantes musculares, lexapro, ravotril, zopiclona. Escogí varias y las guardé en mi bolsillo. Durante horas estuve bien, el dolor se volvió manejable, pero cuando se acercaba la noche, después de meter la fuente de carne en el horno, sentí un tirón en el cuello que bajó hasta la planta de mi pie. Agarré dos pastillas al azar, una celeste y una blanca, y me las tomé.

Mientras lavaba la tabla de madera, unos granitos de arena se asentaron debajo de mis párpados. Me mojé la cara con agua fría y, sin secarla, esperé. Una gota de agua golpeteaba en el fondo del lavaplatos, el viento sacudía suavemente las hojas de la higuera, el fuego, azul, cocinaba la carne. El dolor se había desvanecido. Toqué mi espalda y no sentí nada, ni el dolor ni mis manos. Era como estar en un sueño. O no, no es exactamente eso. Era como estar muerta, ¿saben? Eso debía hacer cada noche la señora Mara López, abogada, cuarenta y seis años: morirse.

Me recosté en la cama y pensé que nada me separaba de los objetos: de las sábanas, de la lámpara, de la mancha de humedad que se reía a carcajadas en la pared. En el sur, cuando no podía dormir, la pieza también se desdibujaba. Lo negro, afuera, se metía por la ventana y el campo se devoraba la casa con nosotras en su interior. La indiferencia del campo siempre me había aliviado. Que de noche ya no existiéramos. Que la noche existiera sin nosotras. Lo mismo sucedía con las cosas: la cama, la puerta, el velador, el techo. Las cosas, mucho antes que yo. Las cosas me sobrevivirían. Con esa idea en la cabeza, cerré los ojos y me dormí.

La espera de la cena enloquecía a la niña. No sé exactamente cuándo empezó. A los tres, a los cuatro, una total aversión a la comida. Se ponía a gritar, a tirar sus juguetes, a patear las paredes. No era el hambre, por cierto, vencer el hambre jamás le costó. Ya sentada frente al plato removía asqueada los trozos de pollo, jugaba con los granos de choclo, apartaba las arvejas una a una con total serenidad. La anticipación, en cambio, la volvía loca, y yo, esa tarde, no le presté atención. No le dije que se sosegara. No la mandé a juntar chanchitos de tierra al patio de atrás.

Tal vez por eso entró a la pieza donde yo dormía. A lo mejor tocó a la puerta, una auténtica señorita, y dijo:

Nana, hay humo.

Nana, hay feo olor.

Quizás cuánto rato estuvo allí, parada al lado de mi cama. No escuché su voz. Solo el dolor me llamó de vuelta a la realidad. La niña me golpeaba con todas sus fuerzas y una puntada atroz trepaba desde mi nalga hasta mi hombro. Su mano empuñada, dura, pegaba en el punto exacto de la espalda, justo debajo de la cintura.

Nana.

Nana.

Nana.

Nana.

Podría haberla cacheteado, haberle dado un puñetazo, haberla zamarreado mientras pegaba un grito seco. No lo hice, no se asusten. Me giré con mucho cuidado para no quebrarme y le dije, en un susurro, que comeríamos más tarde, no me podía parar.

Me miró furiosa y me golpeó todavía más fuerte.

Le dije que tendría que esperar porque el dolor me pinchaba la cintura.

Nada, solo más golpes.

Le expliqué que era un dolor terrible, como cuando la había picado la abeja en el pie.

La niña no reaccionó. Finalmente, sostuve su mano, la apreté con fuerza y le dije:

Cabra culiá, pendeja de mierda, ándate de aquí.

No me gustaba darle explicaciones a una niña malcriada.

Todavía atontada por la pastilla, un poco en las cosas, un poco en mí misma, volví a la cocina. Estaba llena de humo. Olía a carne chamuscada. Saqué la fuente del horno y vi que la comida parecía un carbón. Rescaté apenas un trozo, lo piqué en pedacitos y puse su plato de carne y arroz sobre la mesa de la cocina. La niña solía comer allí las noches de semana. Los señores cenaban más tarde en el comedor. Yo comía sola al final del día, después de lavar toda la loza.

La televisión, como siempre, estaba encendida. Una mujer muy vieja apuntaba con su dedo al descampado. Sus animales habían muerto: cabras, caballos. Decía que el caudal, río arriba, había sido desviado. Está todo seco, dijo. Así no hay vida, dijo. La niña, en la mesa, se humedeció los labios y se tomó el agua.

Eso hacía antes de comer y luego decía: Estoy llena, no tengo hambre, nana.

Se acomodó frente a mí con los pies apoyados en la silla y las rodillas dobladas a la altura de su cara. Solo sus ojos asomaban desde atrás. Debía empezar la negociación.

Dos cucharadas de arroz, niña, para crecer hay que comer, para pensar hay que comer, para vivir hay que comer.

Esta vez, sin embargo, no se movió. Sus brazos envolvían sus piernas y tenía los dedos entrelazados. Tomé el tenedor para alimentarla como si aún fuera una criatura, cuando ella, de pronto, se puso de pie. Apartó su plato, lo empujó hacia el centro de la mesa y salió de la cocina. No la detuve. Si quería morirse de hambre, problema de ella.

La niña cerró la puerta y escuché que movía una silla en el comedor. Oí su cuerpo acomodarse y un carraspeo idéntico al que soltaba su madre antes de comer. El dolor volvió a despertar. Se me subió a los oídos y los llenó. Entonces oí el chisporroteo de la voz de la niña desde el comedor:

Estela, tráeme la comida.

Fue la primera vez que la niña pronunció mi nombre. La ese lenta y la te como un martillo. Es-te-la. Tal como me llamaba la patrona, tal como se refería a mí el patrón. No sé por qué me dolió tanto escuchar mi nombre salir de su boca. Qué otra cosa esperaba. Era mi nombre después de todo.

Me paré y un nervio en mi espalda se endureció. No pude estirarme del todo, debí caminar agachada. Agarré su plato y vi que mi mano temblaba. Rectifico, no es así. Los detalles son fundamentales. Todo mi cuerpo temblaba. La niña se había sentado en su puesto en el comedor y esperaba su cena con el cuello rígido, tiesa, idéntica a la señora. Me acerqué por la derecha y apoyé el plato frente a ella. Y ahí sí comió. En el comedor de su casa. Servida por esa mujer que en cualquier momento moriría de dolor.

Ahora descansemos, por favor. Me duele la espalda en esta silla. Pongan un punto en sus actas y por hoy déjenme dormir.

Hay cosas que no es posible aprender. Ocurren simplemente. Respirar. Tragar. Toser. Suceden sin que podamos evitarlas.

A las cuatro de la tarde, cada día, la niña tomaba su once. No a las cuatro y media ni a las cinco; a las cuatro en punto yo debía sacar un plato del estante, un cuchillo del cajón, la mantequilla y la mermelada del refrigerador y darle su tostada y un vaso de leche. A veces se comía la mitad, otras nada más que un mordisco que permanecía en su boca largos minutos y luego escupía sobre el plato. La leche sí se la tomaba. Un vaso de leche blanca y tibia. Yo después lavaba, juntaba las migas y guardaba la mantequilla y la mermelada en el refrigerador.

Le gustaba hacer sus tareas frente a la tabla de planchar. Los labios juntos, el cuello recto, los codos jamás sobre la mesa. La comida a la boca y no la boca a la comida. Yo la miraba abrir su cuaderno, apartar de su frente un mechón y enderezar la espalda. La niña, entonces, apuntaba al frente y repetía. Memorizaba las nuevas palabras con los ojos perdidos en el rincón. Y ahí, en el rincón de la cocina, la nana planchaba: vértigo, vértigo, vértigo, vértigo.

Una tarde, cuando terminó con la caligrafía y las matemáticas, me dijo que quería planchar. Le dije que no y seguí aplastando el pantalón de su pijama. No estaba enojada, si acaso eso se están preguntando. Lo de la tierra en la boca pasó, pasó lo de los golpes en mi espalda y las rabias, de ser posible, hay que dejarlas pasar, eso decía mi mamá cuando la Sonia le sacaba plata de la billetera o cuando el dueño del almacén se negaba a fiar. La niña, ante mi respuesta, se puso a gritar. Planchar, eso quería la niña de la casa.

Le expliqué que el hierro estaba caliente y que el vapor ardía sobre la piel.

Apenas alcanzas la tabla, le dije y separé una blusa del montón.

Ella se paró, dejó sus cuadernos y empezó a correr por la cocina. La impaciencia, otra vez, le cosquilleaba en las piernas. Iba de un lado a otro con los brazos abiertos, botando lo que se cruzara en su camino: sus cuadernos, la frutera, el cerro de ropa recién planchada.

En una de esas vueltas su mano se enredó en el cordón de la plancha. Fue curioso lo que ocurrió. La plancha osciló y me pareció que la cocina también oscilaba para así evitar el accidente. No bastó, por cierto. La realidad se impuso con sus espinas. La plancha comenzó a caer sobre el brazo desnudo de la niña.

Ya se los dije cuando empecé. Estornudar. Pestañear. Toser. Tragar. Hay conductas que no se aprenden. La plancha se precipitó hacia ese brazo pero la palma de mi mano la interceptó. Tsssst. El sonido fue idéntico al de los ajos dando respingos sobre el sartén. Después, el silencio. En algún momento, entre los gritos de la niña y mi quemadura, yo me había ido de ahí. Estaba afuera de la realidad, afuera de la cocina, y desde allí, lejos, observaba cómo la plancha grababa su marca en la palma de la mano de esa mujer.

La quemadura tardó varias semanas en sanar. La piel pasó del rojo a un rosa pálido y luego a un blanco liso y suave. Aquí está, mírenla. Les diría que la tocaran si no estuvieran tan cómodos en su lado de la pared. Son curiosas, las cicatrices. ¿Lo han pensado alguna vez? Son, seguramente, la parte más suave de la piel. A lo mejor eso somos al nacer, no lo había pensado antes: una enorme cicatriz que anticipa las que vendrán.

Deben estar irritados. No debe ser fácil su posición. Horas y horas escuchando historias que no esclarecen el final. Seguro dirán, a mis espaldas, que intento despistarlos, ganar tiempo con un puñado de anécdotas inconducentes. Historias del señor, de la señora, de la niña antes de su muerte. Se equivocan si eso creen. Yo no tengo tiempo que ganar, ni tiempo que perder. Lo que les voy a contar tiene tanto sentido como el vapor del agua, como la fuerza de gravedad; como tienen sentido las causas y sus inevitables consecuencias.

No recuerdo si les hablé de la higuera del patio de atrás, de sus muñones talados en otoño y sus grandes hojas en verano. En agosto, cuando el viento se entretenía con sus ramas, me solía llegar un olor dulzón; el olor del futuro de ese árbol. Y en febrero, cuando las ramas estaban cargadas de frutos negros, más de una vez sentí el aroma pesado y tibio de su podredumbre. Todos los tiempos en un árbol; un árbol en todos los tiempos.

Yo estaba en la pieza de atrás, no del todo dormida ni despierta, cuando oí un golpeteo en el jardín. Llueve, pensé. No recordaba la última vez que había llovido en Santiago. Al fin llovía, sí. El suelo absorbería las gotas, se colmarían los cauces de los ríos, bajarían arroyos por las quebradas resecas de la cordillera.

Recuerdo que me quedé en la cama mecida por ese ruido incesante, sabiendo que la ropa estaba afuera, que la tendría que lavar otra vez, colgarla de nuevo por la mañana para no atrasarme en las labores del día. Nada de eso me importó. No quise levantarme. El golpeteo se acentuó. El aire se hinchó de humedad. El jardín se llenaría de caracoles. Florecerían los lirios. El musgo crecería alrededor de las raíces del ciruelo. Cerré los ojos y suspiré. El sonido se volvió aún más fuerte. Ignoraba que la lluvia pudiese servir de consuelo.

Amaneció después de un rato y con la furia de siempre salió el sol. Yo me levanté y me asomé ansiosa por la ventana del lavadero para ver el jardín brillante y limpio, las gotas suspendidas sobre las hojas.

Afuera, la ropa flameaba movida por una brisa suave y seca. La terraza no estaba humedecida, el pasto seguía igualmente seco. No había llovido y, sin embargo, yo había oído las gotas, me había arrullado el murmullo del agua. Solo entonces noté la sombra negra alrededor del tronco de la higuera.

Volví a pensar que debía ser la lluvia, la oscuridad de la lluvia, pero enseguida entendí. Todos los higos se habían desplomado de golpe contra el suelo. Sentí un escalofrío. Un dulzor siniestro en la boca. Mi mamá ya me había advertido que se secaba la tierra desde dentro, que las señales eran claras, que el campo no mentía. Cuando yo era niña llovía y llovía sin tregua. Norte claro, sur oscuro, aguacero seguro, decía mi mamá. Pero la lluvia se había vuelto escasa. Se había agrietado el humedal. Algunos árboles habían muerto. Sequía, había dicho, era lo único de lo que se hablaba. Se viene la sequía, Lita, hay que estar preparadas.

En el medio de esa idea, la voz de la señora me sobresaltó:

¿Viste, Estela?

Claro que había visto. La higuera pronto moriría porque se había desprendido de su futuro.

La señora me ordenó que limpiara el suelo. De lo contrario, dijo, el azúcar se endurecería sobre la terraza. Así que yo salí con un balde, recogí los higos reventados, trapeé los frutos gelatinosos y limpié, claro que sí, limpié hasta que no quedaron rastros de la muerte.

El árbol no volvió a reverdecer, había encontrado su causa. Al cabo de unos meses lo talaron, unos hombres se llevaron un saco de leña pero dejaron la base a ras del piso. La niña contó muchas veces los anillos del muñón. Cincuenta. Cincuenta y dos. Nunca sus cifras coincidieron pero qué importancia tenía. No importa morir a los cuarenta, a los sesenta o a los siete. La vida, siempre, tiene principio, medio y fin. Puede ser la sequía. Una peste. Una gripe. Una pedrada. La muerte, tarde o temprano, toca a la puerta. La primera vez es una advertencia, un susto, una falsa alarma. Y la higuera fue el aviso de la muerte para esa familia. Pero luego viene tres veces, eso decía mi mamá: cuando muere uno, Lita, siempre mueren dos más.

Ustedes saben que no es fácil matar a un animal. Dije matar, así es, esa palabra acusadora. Seguramente han asesinado a algún animal por temor o necesidad. Una mosca, por ejemplo. Una mosca que les zumba en el oído, que va de un oído al otro, volviéndolos locos en esa sala donde se agazapan cada día. O una araña aterradora, potencialmente mortal. O tal vez una abeja, un tábano, un mosquito, un pez.

Los niños del vecino, hace no tanto, mataron a un gato callejero. Lo arrinconaron, lo apedrearon y lo arrastraron de la cola hasta la calle. Yo rastrillaba las hojas del antejardín cuando vi cómo lo abandonaban en el asfalto y se escondían, todos juntos, detrás de un enorme ceibo en flor. No entendí qué esperaban, el gato ya estaba muerto, hasta que oí un auto que se acercaba. Frenó en seco, ¿saben? Intentó parar pero no alcanzó y las llantas aplastaron al animal.

Me pareció que la sangre y las flores se hermanaban. El conductor se bajó y se agarró la cabeza con ambas manos. Los niños, agazapados, contuvieron las carcajadas, salvo uno, el más chico, que no se rio. Vio al animal muerto en el suelo. Vio al auto aplastar el cadáver. Vio al hombre sostenerse la cabeza. Vio el rojo de las flores, de la sangre. A su corta edad, ese niño entendió el sufrimiento. Y yo, que rastrillaba las hojas anaranjadas, que las juntaba con la esperanza de que el viento no me obligara a empezar de nuevo, pensé: así es como se forma un recuerdo. Solo ese niño recordaría el episodio del gato muerto y sabría para siempre de lo que él era capaz. Y la niña, a su vez, entendería el costo de su silencio. Sentada en el antejardín, fingiendo que jugaba con sus muñecas, había seguido clandestinamente las pedradas, los maullidos, el atropello, las carcajadas. Ya entendía la muerte, la niña, aunque a ustedes les cueste creerlo.

Los miércoles regresaba más temprano del colegio. Sus clases terminaban a la una y a las dos empezaba la lucha para que almorzara.

Hay niños muertos de hambre, le decía yo.

Niños sin pan, sin almuerzo, hay que ser muy malcriada.

Al rato la señora llamaba para saber cuánto había comido su hija.

Estaba delgada, demacrada, en el percentil de riesgo, dijo el señor al regreso de una cita con el pediatra. Pero no había forma de convencerla de comer algo contundente. Leche, sí. A veces cereales, algunas uvas y pan de ninguna manera.

A las tres en punto, cada miércoles, sonaba el timbre. Sin falta, sin retraso, la profesora particular me pedía un té y se sentaba junto a la niña en la mesa del comedor. Acababa de cumplir seis años cuando empezaron sus clases. Y a sus seis años erguía la espalda y avanzaba a toda velocidad. Ya sabía restar, sumar, diferenciar números pares e impares. Yo la oía repetir: dos, cuatro, seis, ocho, diez. Uno, tres, cinco, siete. Neptuno, Venus, Tierra, Marte.

A los tres años recién cumplidos había dado el examen en un colegio privado. ¿Les contaron ese episodio? Se habían pasado meses discutiendo cuál sería el lugar apropiado para su hija.

Finalmente escogieron uno inglés, con clases de música y arte por si la niña les salía artista. Ambos la llevaron a dar la prueba; el padre, la madre y en el medio la niña pálida, con sus uñas mordidas. A la mitad del examen de admisión el psicólogo salió de la sala y pidió hablar con los apoderados. La niña, su niña linda, después de poner los cubos con los cubos, recitar los colores y contar hacia atrás, se había abalanzado sobre la compañerita que compartía su pupitre. La había mordido en el brazo. Había sangre y hematomas. Gritos desconsolados. La niña había entendido demasiado bien las instrucciones de sus padres: para ser la primera siempre es necesario que otros queden atrás. El psicólogo recomendaba terapia. Un colegio más pequeño, dijo, pero al final, por un contacto, la dejaron entrar igual.

La profesora particular, al iniciar la clase, intentaba despistarla. Le preguntaba si acaso no quería dibujar con acuarelas o contarle lo que había hecho el fin de semana o jugar al luche en la vereda o mirar televisión. Lo hacía por su bien. Para así detenerla y que no se quedara tan sola en la cima. La niña, sin embargo, siempre quería más. Así tendría una medalla para exhibir cada noche frente a su padre:

Escucha lo que aprendí, papá, mírame, mírame: vetusto, hartazgo, protozoo, paralelepípedo.

La propia profesora aconsejó a los padres suspender las clases particulares. Ocurrió hace no mucho, pregúntenle al señor. Llamó por teléfono y les informó que la niña estaba demasiado avanzada. No necesitaba refuerzos. La notaba estresada, infeliz, sería contraproducente tanta insistencia. Ellos accedieron a regañadientes.

Está bien, dijo el señor.

Luego hizo una pausa, dudó y antes de colgar, dijo:

Retomaremos en marzo.

Enseguida se corrigió.

Mejor la última semana de febrero, así calentamos los motores.

El primer miércoles sin clases particulares, la niña estaba distinta..., contenta, tal vez. Incluso olvidó su berrinche habitual y se devoró unas corbatitas con verduras. Pero a las tres en punto me sobresaltó el sonido del timbre. Digo que me sobresaltó a mí, pero la niña me miró con angustia. Nadie me había dicho que habría visitas, eran exactamente las tres. No podía ser la profesora. Yo misma había escuchado la llamada del padre, las clases pospuestas. Le dije a la niña que esperara en el patio y levanté el citófono.

Aló, dije.

Y al otro lado:

El piano.

Así es, no exagero. La señora y el señor habían comprado nada menos que un piano. Me pareció raro que no me hubiesen avisado, así que llamé por teléfono a la señora.

Está bien, ábreles, eso fue lo que dijo.

Lo instalaron dos hombres ante la mirada atónita de la niña. Un tercero, alto y delgado, con el pelo largo y anteojos gruesos, estuvo más de una hora pasando sus dedos por las teclas blancas y negras. Cuando se dio por satisfecho preguntó si alguien lo quería probar. Dijo «alguien» pero esa palabra no me incluía.

El jueves, mientras yo aspiraba las alfombras y limpiaba las persianas, sonó el teléfono. Era la enfermera del colegio. Llamaba para hablar con el apoderado o la apoderada de la niña.

No se encuentran, dije, ¿desea dejar algún recado?

Me advirtió que era urgente, ya había intentado con los celulares, alguien debía ir cuanto antes al colegio y llevar a la niña a la clínica. «Alguien», dijo, y esta vez sí era yo.

Me saqué el delantal, me cepillé el pelo, me puse pantalones y una polera y tomé la micro. El colegio quedaba a más de media hora de la casa y al llegar pensé que me había equivocado de dirección. Había guardias de seguridad que vigilaban frente a la reja y una recepción con un enorme detector de metal. Ahí tuve que dejar mi carnet. Y ahí debe estar todavía, si lo necesitan. Los gritos de la niña me hicieron olvidarlo a la salida. Oí desde la recepción esos chillidos y corrí hacia ella.

Tenía el dedo índice de la mano izquierda amoratado y la punta doblada en una dirección completamente imposible. Sentí un mareo y un calor inesperado. Sentí mi propio dedo deformado y que se me llenaba la boca de un líquido amargo. Creo que la enfermera se dio cuenta de que yo estaba a punto de desvanecerme y por eso aclaró que no se trataba de una fractura grave. Habló largamente sobre las posibles causas de la lesión. Nadie se podía explicar qué había sucedido. Había ocurrido en plena clase de matemáticas. La niña estaba sentada atrás, sola, cuando largó el grito.

Me pareció inútil que me diera una explicación tan detallada; yo no la necesitaba. La niña se había roto un dedo y no había sido un accidente. Ella misma lo había fracturado. La mano derecha había hecho añicos el dedo de la mano izquierda.

Dejó de gritar en cuanto salimos de la enfermería.

O te callas o te acuso, dije.

Así confirmé lo que había pasado. Tomamos una micro y la llevé al hospital. La llevé ahí, al hospital y no a la clínica del doctor, sabiendo que el señor y la señora pondrían el grito en el cielo. Que cómo se me ocurría subirla a una micro con el dedo quebrado, si acaso no había efectivo en la casa para eventuales emergencias, qué tipo de imprudencia era esa, indignante, imperdonable.

Tres horas tardaron en atenderla. Tres horas en que la niña permaneció muda, examinando su mano derecha. Eso miraba,

¿me siguen? La mano buena. La mano capaz de aniquilar cualquier otra parte de su cuerpo.

La doctora dijo que tardaría hasta tres semanas en sanar y le ajustó un yeso que le inmovilizó la muñeca y el dedo morado. Vi el alivio de la niña y admito que también yo suspiré. Tres semanas sin piano. Tres semanas en que tal vez podría ser feliz.

No había terminado la primera quincena cuando el señor, una noche, me llamó al comedor. Estaban cenando pastel de papas y pensé que no le había gustado. A veces no le gustaba la comida y yo debía prepararle un bistec, pero la comida estaba bien y lo que necesitaba era una tijera.

La grande, del jardín, dijo, y esperó a que yo volviera.

Le indicó a la niña que apoyara su brazo sobre la mesa y desde el codo hasta los dedos cortó el yeso por la mitad. De la mano recién descubierta salió un olor avinagrado, pero su dedo estaba bien. Recto, deshinchado.

Trae un algodón con alcohol, dijo.

Esa orden era para mí. La orden para la niña fue que moviera uno a uno los dedos. Que se tocara con el pulgar el meñique. Que formara un puño apretado. La niña obedeció. Estaba al borde de las lágrimas.

Bien, dijo el señor.

Bien, bien, repitió.

Entonces dijo que solo hacía falta fortalecer los músculos. Recuperarlos cuanto antes, y miró hacia el rincón. El piano, por fortuna, sería el ejercicio ideal.

Una de esas tardes, una cualquiera, salí a hacer las compras.

Almendras

Chía

Palta

Salmón

Pagué, guardé la boleta y cuando salí, la Yany estaba afuera. Les dije que les hablaría de la Yany, aunque entonces no se llamara la Yany. Sentada sobre sus patas traseras, barriendo el piso con su cola despeinada, esperaba afuera del supermercado. Ya la había visto varias veces junto al muchacho de la bencinera, incluso me había seguido una tarde hasta la puerta de la casa. Se puso contenta cuando me vio. Tuve que retroceder para así evitar que me saltara encima. Di unas manotadas, la esquivé y emprendí el regreso, pero ella me siguió hasta la puerta y luego se fue sin chistar.

La vi desde la ventana de la cocina un par de tardes después. ¿Les hablé de esa ventana? Es bastante llamativa. Comienza a la altura del cuello y termina al borde del cielo raso. Desde la calle no es posible ver el interior: para qué exhibir a la empleada lavando, planchando, contemplando ensimismada la pantalla. Desde dentro, en cambio, la empleada puede ver el antejardín y así vigilar la reja de la entrada. Y la Yany estaba ahí, olisqueando los cardenales recién florecidos. Buscaba la forma de entrar, metía la cabeza entre los barrotes. Finalmente escogió un rincón que lindaba con la casa del vecino, comprobó si pasaba entremedio de la reja, se dio impulso y entró.

Me sorprendió que se pudiera deslizar tan fácilmente entre los fierros, pero era pura piel y huesos ese animal. Recorrió cabizbaja el jardín delantero oliendo el piso a cada paso, como si buscara un rastro de mi olor, una manera de orientarse. Tal vez por eso no fue hacia la puerta principal. Pegó su cuerpo a la pared de la casa y la rodeó hasta encontrar el pasadizo que unía el antejardín al lavadero.

En cuanto me vio en la cocina agitó la cola, feliz. Es verdad que no la detuve, ese fue mi error. Mi mamá me dijo esa misma noche:

No poh, Lita, mascotas no, ni se te ocurra.

Yo, por supuesto, no la escuché. Recuerdo bien esa primera vez, había algo irreal en su presencia, como si la perra solo pudiera existir en la bencinera, echada a los pies del muchacho de overol, pero no ahí, frente a mí. No se atrevió a entrar a la cocina y se sentó en el medio del lavadero.

Perdónenme la interrupción, pero quisiera aclarar un punto. Siempre me gustaron los animales. Las golondrinas, los cometocinos, los lobitos de mar. Los jotes de cabeza roja, los chucaos, las huiñas. Pero los domésticos, eso dijo mi mamá, animales domésticos sí que no. Tener que alimentarlos, darles de beber, bañarlos, despiojarlos y después recoger sus pelos, su caca, sus rastros desperdigados en los sillones. Todo para encariñarse y que al final se mueran en tu propia casa. O peor aún, Lita: para matarlos por viejos, porque se hacen pichí, porque se han vuelto un estorbo.

Miré a la perra un buen rato. Tenía una cabeza demasiado grande para el resto de su cuerpo, el pelaje largo y café claro, con manchas de tiña acá y allá y greñas pegajosas y embarradas que colgaban de su pecho. Supongo que es verdad y en el mundo hay dos tipos de animales: los que suplican y los que no, eso decía mi mamá. Y esa quiltra, sin pedir nada, sin sucumbir a su hambre ni a su sed, desanduvo sus pasos hasta salir por la misma rendija por la que había entrado.

No la volví a ver en varios días, pero por suerte regresó. Yo ordenaba la bolsa de las bolsas, la niña estaba en el colegio, los patrones en sus trabajos, cuando escuché ese sonido. La Yany avanzaba raspando sus costillas contra el muro de la casa. Llegó de nuevo hasta la puerta que separaba el lavadero de la cocina y esta vez se sentó bajo el dintel.

La miré un buen rato antes de acercarme. Por qué me había seguido. Por qué me miraba con esos ojos, qué quería decirme. Solo al cabo de un rato, le hablé:

Te vas a portar bien, perra de mierda. No vas a embarrarme la cocina.

Pareció escuchar o eso quise creer. Ladeó su cabeza de un lado a otro, como preguntándose cuándo esa humana se atrevería a acercarse. Finalmente, me envalentoné. Me hinqué en el suelo muy cerca, tal vez demasiado, y le ofrecí mi mano para que la oliera. Era el gesto de mi mamá, esa breve rendición. La perra retrocedió.

Tonta, le dije. No te voy a pegar, desconfiada.

La Yany pareció evaluar sus opciones, juntó coraje y olfateó mis dedos. Más animada, pasó su lengua áspera por la palma de mi mano. Sentí cosquillas y se la quité.

Asquerosa, le dije, pero eso selló nuestro trato.

Acuclillada a su lado le examiné el pelaje del lomo y revisé las almohadillas de cada una de sus patas. Casi negras, endurecidas por el cemento y el calor. Tenía una mancha rosada de tiña dentro de la oreja derecha, algunas pulgas aquí y allá y una garrapata que le arranqué haciendo una pinza con mis uñas. En ningún momento se quejó. Se dejó tocar e inspeccionar por mis manos, estas mismas manos. Y cuando comprendió que el ritual había concluido, se paró regocijada y se sacudió como un torbellino.

Decidí darle agua y un pedazo de pan, pero antes quise curarle la tiña. Volví con unos algodones de la señora, un poco de povidona del botiquín y un pedazo de pan en mi bolsillo. Le unté las orejas y la acaricié. Si iba a pasar tiempo conmigo sería necesario entrenarla. Que aprendiera a callarse, a irse cuando fuera necesario. Y lo más importante, que controlara su hambre. Porque el hambre es la peor debilidad.

En cuanto metí la mano en el bolsillo, el cuerpo de la Yany se endureció.

Quieta, le susurré, mientras sacaba el pan.

No te lo comas, le ordené, apoyando el trozo sobre el suelo, justo entre ella y yo.

No, no, no, le dije mientras retrocedía lentamente.

La amenacé con el dedo y con una voz ronca. Le dije cuatro, cinco veces que no se moviera de su lugar. Ni un segundo resistió. En cuanto estuve lo suficientemente lejos se abalanzó sobre el pan y se lo tragó sin siquiera masticarlo.

Me pareció que la perra se retorcía de dolor. Noté las costillas grabadas sobre el pelaje, el vientre hundido y lastimado.

Así no se come, le advertí.

Perra idiota y desobediente.

Se come lento, le dije.

Se disfruta la comida.

No sé si me habrá entendido. Supongo que no. El agua se la bebió de unos lengüetazos y cuando no quedaba ni una miga en el suelo ni una gota en el bol, alzó la cabeza. Fue una mirada salvaje. Quería más. Exigía mucho más de lo que yo le había ofrecido.

Se paró en sus cuatro patas y me mostró unos dientes sucios y afilados. Perra de mierda. Malagradecida. Pero lo que pasó después fue mucho peor. Largó un gruñido seguido de un ladrido estruendoso. Le dije que no.

No, perra de mierda.

Ladró otra vez. Y otra. Y otra más. La iban a pillar los vecinos. Le iban a preguntar a la señora cómo se llamaba la nueva mascota. Y los patrones, además, podían llegar en cualquier minuto. Debía aprender a callarse. Saber guardar silencio.

No, le dije y levanté la mano.

Shhhh, le repetí. Te van a pillar, perra de mierda. Cállate si quieres más comida.

Pero la Yany, que en ese momento no se llamaba la Yany, se llamaba perra de mierda, perra culiada, se llamaba estorbo, mal augurio, como siempre debió llamarse, la Yany, mi perra linda, gruñía fuera de sí.

Mi mano derecha se cerró en un puño.

Por última vez, le dije, cállate, quiltra de mierda.

Pero no supo, no pudo callar su hambre de animal salvaje.

Intuyó el golpe cuando mi puño recién se acercaba. Y dejó los ojos abiertos mientras recibía el estacazo en la cabeza. Le di con todas mis fuerzas. Con todas mis fuerzas golpeé ese muro de ladrillos. La Yany soltó el último pedazo de ladrido y por fin se calló.

Me arrodillé a su lado, adolorida. Mi mano derecha seguía empuñada pero ahora mi puño, mi brazo, todo mi cuerpo temblaba. Pudo vengarse en ese momento. Hundir sus colmillos en mi cuello. No sé qué habré pensado cuando le pegué. Qué pensé cada vez que la dejé entrar y le di comida. Cada vez que la acaricié. Solo recuerdo que desenrosqué mis dedos y vi en mi palma cuatro diminutas marcas de sangre. Mis uñas habían abierto cuatro tajos que ahora sangraban.

Perdón, le dije, y sentí vergüenza de mí misma. Me sonrojé frente a una perra, frente a un animal, y me arrodillé a su lado.

Sin pensarlo, le ofrecí de nuevo esa mano. La misma que la había curado y dado de comer. La misma mano que la había castigado. La perra agachó su hocico y la lamió sin dudarlo. Y yo acaricié mucho rato esa cabeza suave, ese ojito dulce e inflamado.

No volvió a aparecer por la casa y lo admito, la extrañé. Eché de menos la compañía de ese animal y salí a buscarlo.

Temí encontrarla aplastada bajo las llantas de un camión o infectada de rabia, el hocico espumoso, los ojos fuera de sus órbitas. O atrapada por los niños del vecino, colgada boca abajo, cubierta de miel, picoteada por los jotes y los tiuques y otros seres miserables. Esa imagen me apretó el pecho y así supe que la quería.

Siempre que he querido a alguien imagino su muerte. De niña nada me asustaba más que la muerte de mi mamá y eso imaginaba por la noche: incendios, balazos, atropellos, accidentes. Sé que es un pensamiento asesino, pero no lo puedo evitar. Así me preparo, ¿comprenden? Así se anticipa el dolor.

Cuando salí del supermercado, después de comprar leche descremada y las galletas de arroz de la señora, la vi en la bencinera bajo la silla donde estaba el muchacho de siempre. Sentí mi cuerpo ligero y me acerqué casi corriendo a saludarla, pero al verme se escondió y largó un gruñido seco. El muchacho la tranquilizó y le acarició una oreja.

Callada, cachorra, eso fue lo que dijo.

Ella golpeteó el suelo con su cola y el muchacho sonrió. Sus ojos también sonrieron. Lo recuerdo como un hallazgo: esos ojos pequeños y rasgados se reían al pestañear. La perra salió de un salto de su escondite y acercó su hocico al bolsillo de mi delantal. Yo había comprado un hueso que le daría la próxima vez que me visitara pero que le entregué ahí mismo, sin dudarlo, porque tal vez mi mamá tenía razón y así somos las personas. Le acaricié la cabeza, las orejas suaves y tibias, dejé que me lamiera la mano y decidí volver.

Cuando ya me iba, el muchacho quiso saber si la perra también entraba a mi casa, al parecer tenía hábito de mendiga, iba de una casa a otra, de una cocina a la siguiente. Yo asentí pero después aclaré que no era mi casa, no.

El muchacho volvió a sonreír. Tenía las encías rosadas, como las de los niños cuando pierden sus dientes de leche. Vi sus labios gruesos y resecos y noté esas comisuras sin arco, una línea recta que no anticipaba ni alegría ni tristeza.

¿De dónde eres?

Eso preguntó. La perra lo contempló mientras hablaba. Lo quería, eso pensé. Era una mirada de adoración. Me contó que él venía de Antofagasta, que se había aburrido de pirquinear.

Mucha pega y pocas lucas, dijo, así no hay quien aguante.

La Yany se puso panza arriba mientras él le hacía remolinos en su pelaje. Recuerdo que me pareció joven y viejo. La cara joven, las manos viejas; la voz joven, las palabras viejas, eso fue lo que pensé o a lo mejor lo pienso ahora.

¿Fumas?, dijo y me ofreció un cigarrillo. Detrás suyo estaba el cartel de no fumar. Negué con la cabeza y nos quedamos en silencio.

¿Te cuento un chiste?, dijo entonces.

Mi mamá detestaba a la gente habladora. Cada vez que salíamos de la amasandería con chismes sobre las vecinas, los amantes, las pololas de los Jaimes, ella se ponía de mal humor. Se tragó una radio la panadera, decía mi mamá con el ceño fruncido. El muchacho no paraba de hablar, el humo envolvía sus palabras, pero a mí no me molestó. La Yany seguía de espaldas, feliz mientras él la acariciaba. Me contó el chiste. Me dio bastante risa. Nos reímos los dos y escuché nuestras carcajadas alegres. Si quieren se los cuento, les hablo a ustedes, a lo mejor el chiste es importante:

Oiga, patrón, ¿vamos a descansar el día de los muertos?

¿Usted está muerto acaso?

¡No!

¡A trabajar entonces!

Nos reímos un buen rato. Cuando nos callamos le expliqué que me tenía que ir, me acuclillé y acaricié a la perra.

Nos vemos pronto, dijo él y yo me alejé.

El citófono sonó al día siguiente y yo me asomé por la ventana de la cocina. Reconocí el overol anaranjado, vi al muchacho alejarse y que la Yany, mi Yany, metía su cuerpo por los barrotes, rodeaba la casa una vez más y asomaba su cabeza por el lavadero.

Siempre supe que era mala idea, no había forma de que esta historia tuviera un final feliz, pero cómo me alegré cuando la vi. Preparé un bol con leche, otro con agua fresca y metí el pedazo de pan en mi bolsillo.

Asomó la cabeza e intentó entrar, pero yo le dije «no» y ella se quedó quieta. Esa orden la conocía. Cuando olió el almuerzo, un pollo a la cacerola con arroz, se desesperó y largó un ladrido. Volví a decir «no» y le di el pedazo de pan. Ella entendió, claro que sí. No podía ladrar, no podía entrar, pero sí venir de vez en cuando hasta el lavadero y recibir un trocito de pan, un poquito de leche y toda el agua que quisiera.

Desde ese día comenzó a visitarme en la casa. A veces dos tardes por semana, a veces tres. Si los señores estaban, yo la echaba con un aleteo exagerado y ella, mansa, retrocedía resignada. Si estaba sola, en cambio, le permitía quedarse en el lavadero y le daba un poco de comida. Solo un poco, apenas, para que nunca dependiera de mí.

No sé qué habré pensado todo ese tiempo. Supongo que fantaseaba con mantener el secreto hasta que un día me fuera de la casa y ella viniera conmigo. ¿Qué creían? ¿Que la empleada ya no fantaseaba con partir? Ese sí que hubiese sido un final estelar: la empleada sin delantal, corriendo calle abajo por la calle arbolada y la quiltra atrás, la perra de mierda, la lengua afuera, el pelaje al viento.

Yo limpiaba el piso esa tarde. Pasaba el trapo húmedo por la madera y luego lo estrujaba, lo estrujaba, lo estrujaba hasta que el agua salía limpia. La Yany dormía en el lavadero. La piel le temblaba espantando a las moscas que se posaban sobre su lomo. La niña estaba en su pieza con fiebre. Un virus, según el señor. No había ido al colegio y tenía prohibido salir de la cama. Yo debía darle limonada con miel, arroz blanco con verduras y controlarle la temperatura. Y ella no debía moverse de la cama, eso le dijo su padre, eso repitió su madre, y yo me envalentoné.

No sé a qué habrá ido a la cocina, solo recuerdo su reacción. La puerta del lavadero estaba abierta y al otro lado, la Yany. A la niña le brillaron los ojos más allá de la fiebre.

¿Es tuya?

Eso dijo.

No era mía, la Yany. No era de nadie. Nunca sería de nadie un animal como ese, pero respondí que sí.

Sí, dije.

¿Y cómo se llama?

Se llamaba perra. Perra de mierda. Perra culiada. A veces también se llamaba perrita linda, chiquita hermosa, perruna loca.

Me quedé muda. Miré a la niña, al animal, a la niña otra vez. No sé de dónde habrá venido el nombre. Los nombres siempre son un error.

Yany, respondí.

La niña dijo que era bonita, aunque la verdad es que la perra era más bien fea. Flaca, desgreñada, sin dulzura en los ojos. Una perra sin gracia, pero yo me había encariñado y ahora la niña la había descubierto y le diría a su madre y a su padre y ellos la echarían a ella y después a mí. Sentí que no podía respirar. Mi pecho se llenó de aire caliente. Me hormiguearon las manos, los pies. Solo mi propia voz me tranquilizó. Miré a la niña a los ojos y me acuclillé frente a ella.

Es un secreto, le dije.

Ella asintió, seria. Era inteligente, ya lo he dicho.

Me preguntó con un hilo de voz si podía acercarse y tocarla y sin esperar mi respuesta caminó casi en puntas de pie, salió al lavadero, se arrodilló junto a la Yany y le pasó la palma de su mano por entremedio de las orejas. Solté todo el aire de mi cuerpo y supe que ella también la querría. Que la niña y yo querríamos a la Yany. Y a veces, en la vida, eso es todo lo que se necesita.

La niña fingió que seguía enferma y yo la cubrí esa semana. Le informé a los señores que había tenido fiebre, había vomitado dos veces, seguía desganada, la pobre, y así pasamos cinco días juntas, las tres.

Fue una de las pocas semanas en que la Yany vino casi todas las tardes. La niña estaba feliz. También la perra. Todo estaría bien siempre y cuando la niña no traicionara nuestro secreto. Había estado cerca una noche, cuando les preguntó a sus padres si acaso podía tener una mascota, una perrita grande y vieja, con los ojos redondos y el pelo café. La señora la miró con sospecha, pero sonó el teléfono y olvidó la pregunta. Cómo la odié en ese momento. No solo por hablar. Odié a la niña por su codicia. Por querer todo para sí misma.

Pasó el tiempo, no sé cuánto, pero no lo suficiente. La alegría siempre es poca, anoten eso en algún rincón.

Ya les he dicho que esta historia tiene varios comienzos. Empezó el día en que llegué y cada día que no me fui de esa casa. Pero tal vez su inicio más preciso no sea mi llegada, ni el nacimiento de la niña, ni la picadura de la abeja, sino esa tarde, cuando la Yany me siguió por primera vez y cometí el error de dejarla entrar.

Estaba en el lavadero, tendiendo las sábanas en el cordel. La Yany me miraba desde el piso, ni despierta ni dormida, cuando de pronto dio un respingo. Nunca la había visto reaccionar así. Retrocedió dos pasos y el pelaje de su lomo se erizó. Como era asustadiza, al principio no me alarmé. Seguramente había visto una cucaracha o una araña de rincón o quién sabe, a lo mejor también los animales tienen pesadillas. Yo estaba atrasada ese día. Debía colgar las sábanas y pasar la aspiradora antes de que la niña volviera del colegio. Y regar los maceteros de afuera y sacudir las alfombras del living y sacar la basura a la vereda. La Yany, sin embargo, apuntaba con su hocico hacia un rincón y ahí, contra la pared, latiendo como solo late un animal, como latimos también las personas, la vi.

Nunca me dieron miedo las ratas y tampoco esa me dio miedo. Tenía un aspecto húmedo, los pelos apelmazados sobre la piel, la cola lampiña y de un color entre rosado y plomizo. No tuve miedo, repito, pero el asco me obligó a retroceder. La rata había salido de una grieta y se escabullía sigilosamente, en busca de quién sabe qué.

La seguí con la mirada, sin moverme, pero la Yany no resistió. Ladró y exhibió esos colmillos gastados y amarillos. La rata se detuvo como si detenerse la volviera invisible. Estaba a poco más de un metro de mis pies y temblaba sin parar. No dejó de temblar cuando alzó la cabeza y me miró a la cara. Anoten esto, por favor, esto que parece no tener importancia. Nos miramos, la rata y yo, y solo entonces me inundó el miedo. Un terror que me subió por las piernas y me dejó pasmada ante ese animal. Creo que la Yany olió mi terror, largó un pedazo de ladrido, y la rata, al fin, se escabulló en el escondrijo de la pared.

Esa fue la primera noche que las escuché. Estaba tendida sobre la cama, sin poder dormir, cuando sentí un crujido. Primero pensé que debía ser el viento pero no corría ni un soplo de brisa. Lo oí de nuevo, más nítido, y entendí que el sonido venía del entretecho. Estaban arriba, sí, no había otra posibilidad. No podía ser una sola rata. Si viste una debe haber diez, Lita, eso dijo mi mamá y qué duda cabía. Cientos de minúsculas patas debían marchar sobre mi cabeza. Un nido, pensé, y otro escalofrío me recorrió desde la nuca hasta la espalda. Un escondite repleto de mugre y basura que habían juntado esmeradamente a lo largo de semanas. Un nido de ratas gordas, con el pelaje húmedo y los ojos salvajes, eso imaginé con la mirada clavada allá arriba.

No fui la única en escucharlas. Cuando entré al dormitorio con los desayunos, demacrada después de otra noche sin dormir, les pregunté a los señores si acaso habían sentido algo inusual. Se miraron, mudos, y asintieron a la par.

Un asco, dijo el señor, incorporándose sobre la cama.

Las habían escuchado hacía varias noches, royendo sobre sus cabezas. La señora incluso había visto una de reojo en el jardín, pero no alcanzó a ser más que una duda, una remota posibilidad.

Mi pregunta las había vuelto de carne y hueso. Sin duda estaban fuera de control y las señales no tardaron en aparecer: caca de rata en la despensa y alrededor del basurero de la cocina, ruidos sospechosos en los closets, sombras fulminantes en las panderetas. Debía haber cientos de ratas reproduciéndose sobre sus cabezas, levantándose en medio de la noche para devorar restos de basura putrefacta. La señora dijo la palabra clave:

Peligrosas.

No se trataba de ratoncitos urbanos.

Son ratas infectadas con enfermedades graves, contagiosas, dijo.

Hanta, exclamó abriendo los ojos.

Su linda niña infectada, afiebrada, muerta.

Por la tarde el señor trajo una cajita de cartón y la apoyó sobre la mesa de la cocina. A un costado tenía la imagen de una calavera y en letras rojas y mayúsculas: MANTENER FUERA DEL ALCANCE DE LOS NIÑOS. Una detallada descripción indicaba el modo en que la sustancia operaba en el sistema nervioso, cuánto tardaba en paralizar las funciones vitales de los roedores, la precisa causa de muerte y la tecnología utilizada para impedir la putrefacción de los tejidos. Los cadáveres quedarían disecados; una cáscara de rata muerta. No sería necesario ni siquiera recolectar sus restos. El sufrimiento sería mínimo.

Una muerte rápida, dijo el señor cuando terminó de leer la descripción y luego deslizó la caja por la superficie de la mesa hasta mis manos:

Encárgate, por favor.

Tampoco ese era un favor. La empleada debía ajustarse los guantes amarillos, romper el sello de seguridad y hundir sus dedos entre los pequeños gránulos azules. Azul, quién sabe por qué. De todos los colores posibles el veneno tenía el color del cielo, el mismísimo color del mar.

Le dije al señor que perdiera cuidado, yo me encargaría esa tarde y en cuanto estuve sola en la casa abrí la caja, pisé el pedal del tacho de basura y vi cómo caían las piedrecillas en el fondo del basurero.

La sola idea de remover la puerta de acceso a la buhardilla me colmaba de terror. Y asomar mi cabeza en el medio del nido me provocaba pesadillas. Casi podía sentir sus pezuñas caminando sobre mis brazos, bajando con sus patitas por mi columna hasta llegar a mis pies. No, de ninguna manera. Boté la mitad del veneno. La evidencia justa para mi mentira.

Esa misma noche, mientras cenaban en el comedor, el señor quiso saber qué había pasado con el veneno. Con un brillo siniestro en sus ojos me preguntó si acaso yo había visto el nido. Que le contara cómo era, de qué tamaño, y si en la oscuridad del entretecho se habían apagado los ojos de esos animales. La niña los miró perpleja. A su padre. A su madre. El techo de su propia casa. Fue uno de esos relatos hechos de preguntas.

¿Eran muchas, Estela?

¿Te dio asco?

¿Las viste morir?

Asentir, en ocasiones, es todo lo que se necesita.

Lo curioso es que ya no las escuchara varias semanas después. Como si mi mentira las hubiese matado o se hubiesen devorado el veneno dentro de la bolsa de basura. O tal vez la casa no estaba infestada después de todo. Quizá había sido una única rata que ahora yacía en las fauces de algún gato callejero. Guardé la caja de veneno en lo alto de una alacena y la olvidé. También la familia la olvidó. Preferimos olvidar el problema.

Todo ocurrió muy rápido a partir de entonces. Tan aceleradamente que al oírlo quedarán al borde de sus sillas. Les hablo a ustedes, amigos y amigas, o como quieran que los llame. Dibujen un asterisco entre sus notas, marquen lo que viene a continuación, porque a partir de este momento se desploman los naipes sobre la mesa.

Las cosas ocurrieron así. Les concederé el privilegio de un atajo.

La niña hacía su tarea de castellano en el comedor de la cocina. Calcaba la mayúscula y la minúscula de las letras del abecedario: A a, B b, C c, exasperada. Ya sabía leer y escribir. Su padre le había enseñado palabras como estetoscopio y penicilina. Odiaba hacer las tareas y esa tarde rezongaba de aburrimiento ante su ruma de cuadernos. La plancha, mientras tanto, aplastaba los calzoncillos de su padre, las poleras deportivas de su madre, sus pijamas de algodón. La Yany estaba echada en el lavadero, ovillada sobre sí misma.

Al cabo de un rato la niña no aguantó más, cerró los cuadernos y comenzó a dar vueltas por la cocina. Le dije que se fuera a jugar al jardín, que recolectara chanchitos de tierra, que saltara a la cuerda hasta llegar a dos mil quinientos veintitrés. Le ordené que contara sus propios pasos, que dibujara animales del fondo del mar, que aguantara la respiración lo más posible. Si tan solo me hubiese escuchado esa única vez.

Era martes, ¿ya se los dije? Los martes y viernes pasaba el camión de la basura y era conveniente sacar las bolsas antes de las seis. A las siete el tacho comunal no daba abasto y había que aplastar la basura de las otras casas para hacer lugar. Yo odiaba el contacto de esas bolsas con mis manos. Su tibieza sospechosa, los líquidos cediendo por agujeros y rajaduras invisibles. Era preferible adelantarse. Ser siempre la primera. Deben haber sido las cinco y cuarto. Habría lugar de sobra en el basurero. Até un nudo a la bolsa negra y le dije a la niña que se quedara quieta, yo volvería en un minuto.

Atravesé la reja, caminé hasta el contenedor y para mi sorpresa estaba repleto. Se me habían adelantado, las demás. No quedaba ni un milímetro de espacio. Miré a mi alrededor, como si se tratara de una mala broma, pero ahí estaban las bolsas negras, hasta el mismísimo borde del tacho.

No me quedó alternativa. Cuidando de no tocar nada blando, nada húmedo a simple vista, escogí un rincón y empujé hacia abajo con la palma de mi mano. Oí vidrios, latas, objetos extraños que se trizaban y luego sentí una sustancia tibia esparcirse por la palma de mi mano. Desvié la mirada hacia la copa de un ciruelo mientras seguía empujando con más fuerzas. El sol continuaba allá arriba, se colaba entre las ramas y las hojas rojizas. Abajo, las bolsas negras y ese olor negro impregnando mis dedos. Con medio brazo al interior arrojé la bolsa de basura y cerré la cubierta.

La fetidez, ahora, provenía de mí misma. Olor a vinagre y moho y huevos y sangre. Me sentí aturdida, me detuve y apunté mi cara hacia el cielo. El sol ardía. Deben haber pasado unos segundos. Pero quién entiende el doblez del tiempo.

Volví a la casa, a la cocina. El contraste entre el sol y el interior me enceguecció y por un instante todos los objetos se rodearon de aureolas resplandecientes. Solo cuando vi a la niña, la luz se tranquilizó. Iba saliendo de la pieza de atrás, retorciéndose de la risa.

Rectifico. Borren eso.

La niña no salía todavía. La vi en el momento exacto en que se ponía uno de mis delantales. El del lunes, el del martes, no había diferencia. Vi cuando sus bracitos se abrían paso por mis mangas y la tela cuadriculada bajaba hasta sus rodillas. Se quedó detenida un segundo bajo el umbral de la puerta esmerilada, pero enseguida me vio y dijo:

Quién soy, quién soy.

No supe qué contestarle. No pude decir una sola palabra. Mi mano estaba cubierta de ese líquido rancio; todo olía a podredumbre. La niña salió dando saltos de la pieza.

Quién soy, quién soy.

Muy pronto se aburrió. Se acercó a la despensa, abrió la puerta, sacó un kilo de harina y me buscó la mirada.

Voy a hacer la masa, niña, no me molestes, dije. Estate quieta, niña. Sosiégate de una vez. Anda y salta la cuerda dos mil quinientas veces.

La niña abrió el paquete de harina y la esparció sobre el mesón. La mitad cayó en el suelo, desde donde se levantó un polvillo blanco, que alcanzó sus rodillas. Enseguida caminó hasta el lavaplatos, llenó un vaso con agua y tiró la mitad sobre la mesa. Una sustancia grumosa se deslizó por los costados del mueble. La niña agregó el resto del agua y se formó un charco amarillento a sus pies. Cuando lo vio, se paró encima, empapó la suela de sus zapatos y comenzó a correr por la cocina. Las huellas quedaron por todo el piso. Pringosas, resistentes.

Ustedes se preguntarán por qué no la detuve. Por qué no la zamarreé, le grité y la metí con ropa a la ducha fría. Escúchenme bien: mi mano despedía un olor putrefacto, el tiempo se había desvanecido. La niña volvió al mesón y consiguió formar algo así como un bollo de agua y harina. Lo sostuvo con una de sus manos y caminó hacia mí. El delantal, mi delantal, estaba cubierto de manchas amarillentas. Mi mano seguía impregnada de basura, la piel tirante por la mugre. Y la niña refregaba su mano sucia sobre el pecho de mi delantal; su mano mugrosa sobre la tela que se apoyaba en mi corazón.

Ahora sí préstenme atención y registren lo que sigue. Lo que sentí fue muy preciso. Tan sobrecogedor que tuve miedo. No sabía que se pudiera odiar a alguien de un modo tan puro.

Debí haberle dicho que se detuviera, que se pusiera la ropa y que limpiara de rodillas el suelo. Que refregara cada mancha con su lengua, que raspara con sus uñas los restos de harina incrustados entre las baldosas. Supongo que ella percibió mi enojo. Podía ver cómo su pecho se llenaba y se vaciaba, igual que el cuerpo de esa rata, del mismo modo tan vivo, tan colmado de temor. Vi cómo sus ojos se humedecían, pronto se pondría a llorar. Pero supongo que el miedo no fue suficiente o que en algún momento, mientras me miraba, reparó en mis manos. Temblaban, ¿saben? Mis manos inmundas, hediondas, temblaban descontroladamente. La niña debió recordar entonces quién era ella y quién era yo.

Me miró desafiante, acomodó la mezcla de harina entre sus manos y, tomando impulso, la lanzó con todas sus fuerzas contra el cielo de la cocina. El sonido nos estremeció a ambas. Primero el golpe seco y luego esa estampida inesperada en el entretecho.

Ahí estaban otra vez. No se habían ido a ningún lado.

La niña se abalanzó sobre mí y se abrazó a mis piernas. Yo me mantuve en mi lugar, confundida por el silencio que siguió. Como si las ratas esperaran un movimiento en falso para bajar y emprender todas juntas el ataque. La niña largaba un llantito suave y contenido. La carrera había empezado otra vez. Cientos de ratas corrían despavoridas sobre nosotras alarmadas por el golpe que la niña había dado a sus pies.

En ese momento sentí un ruido que jamás olvidaré. Por las noches, incluso aquí, todavía me persigue ese aullido. Ya no fueron las ratas. El quejido provino del lavadero. El grito de dolor, de miedo, que largó mi Yany.

Me asomé por la puerta y la vi afuera, los ojos abiertos de par en par. No la había visto llegar esa tarde y creí que estaba bien, sana, realmente pensé que no había pasado nada. Y todo lo que quise fue lavarme las manos, enjabonarlas, escobillar mis uñas. Pero ese brillo... Ay, ese brillo en sus ojos.

La niña seguía tras mis piernas, justo frente a la puerta del lavadero. No sé qué esperábamos, ella y yo, pero ambas intuimos que algo estaba a punto de ocurrir. Y que no teníamos más alternativa que esperar lo inevitable. Como se espera el amanecer.

La Yany encogió su labio superior y me mostró los colmillos.

No, le dije, con voz firme.

No. No. No.

Era mansa, la Yany, eso ya lo he dicho. Dócil, sumisa, pero todos tenemos un límite. También ella. También yo. Incluso ustedes tienen un límite.

Un hilo de saliva se deslizó por el costado de su hocico y vi su lomo endurecerse, prepararse para ese movimiento repentino. La Yany tomó impulso, corrió y se precipitó sobre mí. Y yo, de un salto, alcancé a esquivarla. O no. No fui yo. Fue mi cuerpo, más bien. Y detrás de mi cuerpo estaba la niña vestida con mi uniforme.

Es raro cómo suceden algunas desgracias. Unos dirán que ocurren muy rápido y no permiten reaccionar. No fue así en este caso. Una calma se extendió entre nosotras, como en el ojo despejado de una tormenta: la perra, la niña, las ratas, la basura. La Yany abrió su hocico y sus colmillos se hundieron en esa pantorrilla blanca y tersa. La niña se quedó muda, no reaccionó. Solo cuando la perra desenganchó sus dientes, largó el grito de dolor.

Espantada, la Yany retrocedió. Y soltó un aullido tan triste... Como si pidiera perdón. Como si me rogara que le perdonara ese acto brutal. Salió al lavadero, se arrinconó y agachó la cabeza. Solo entonces noté la sangre: la pata trasera de la Yany también sangraba. Una rata la había atacado en el tobillo. La desgraciada rata gorda había enterrado sus dientes en la carne de la Yany. Asustada por el golpe en el techo debe haber atacado sin pensar. Así es el miedo, no lo olviden, arremete sin pensar y la rata arremetió primero, la Yany solo después.

La sangre se le apelmazaba sobre el pelaje sucio y pegajoso. La de la niña, en cambio, dibujaba dos riachuelos desde la pantorrilla hasta el encaje blanco de su calcetín. Las miré a ambas. La niña, pálida. La Yany con esa expresión salvaje que nunca antes había visto.

No dudé ni un segundo. La eché de un grito seco y brusco, un grito sin amor.

Para afuera, perra de mierda. Te fuiste. Sale de acá.

Eso dije, anótenlo. Son importantes las palabras. La Yany cojeó hacia fuera del lavadero, rodeó la casa y salió. A veces pienso que esa fue la última vez que la vi. Que la que vino después fue un espectro de la Yany que quería despedirse.

La niña gritaba y sollozaba desconsoladamente. Los dos colmillos habían perforado su carne y no había forma de tranquilizarla. La alcé en brazos, la senté sobre una silla y me puse en cuclillas frente a ella. Le dije que se calmara, que traería alcohol y algodones. No podía curarla si no dejaba de llorar. Limpié las dos estelas de sangre que resbalaban por su pierna. Presioné unos minutos el algodón contra las dos pequeñas heridas. La niña gemía y miraba su pierna con cierta extrañeza. Como si recién se diera cuenta de que esa herida era suya, ese dolor era suyo y nadie, nunca, podría sentirlo por ella.

Desinfecté su piel y en un susurro le dije que era muy valiente. Que otros niños hubieran llorado muchísimo más. Otros habrían llamado a sus mamás, los muy consentidos. Ella no. Ella era una niña grande y especial.

Conseguí que se calmara. La herida dejó de sangrar. No sería necesario hacerle puntos. Hice un parche con los algodones y un trozo de scotch. Le dije que se pusiera de pie y caminara unos pasitos. No cojeó, se hinchó de orgullo. Y mientras caminaba, imaginando cómo narraría la historia a sus compañeros de colegio, cómo dejaría el calcetín recogido para exhibir la herida como una medalla, ya más tranquila, casi orgullosa, vio la mancha amarillenta en el medio del techo, la harina desperdigada sobre la mesa, el charco pringoso en el suelo, sus huellas sucias y, finalmente, el delantal. Mi delantal sobre su cuerpo y la mancha de sangre en las costuras. Una mancha que yo tendría que untar con agua tibia y sal. Y dejar remojando. Y refregar a mano para que la sangre se desprendiera de las fibras.

La niña entró a la pieza de atrás. La vi quitarse el delantal y ponerse de vuelta su buzo de colegio. La vi agarrar el trapo húmedo y arrodillarse en el suelo. La vi limpiar, así es. Refregar la harina endurecida mientras el algodón de su pierna se teñía lentamente de rojo. Ya era demasiado tarde, eso lo deben saber. Es imposible devolver la sangre que ha salido de su cauce. Tampoco es posible frenar el impulso de un cuerpo dentro del agua. Y no fue posible cerrar la grieta que se abrió ese día. Tal vez fue el sol o la basura. La rata o la Yany. Tal vez fui yo. Lo cierto es que ella temió que yo la delatara, yo temí que me acusara a mí, así que prometimos no decir nada. Ni la niña ni yo. Y nada bueno sale de un secreto. Eso escríbanlo por ahí.

Esa noche, acostada, la anticipación me impidió dormir: la casa infestada de ratas, la niña enferma de rabia, la espuma amarillenta brotando a borbotones de su boca, los espasmos incontrolables de su cuerpo, el hallazgo de dos sospechosos puntos blancos en su ya blanca pantorrilla.

Durante días cuidé de su pierna como si fuera la mía. Alcohol, povidona, pantalones largos pese al calor. Por suerte no se infectó. Sus padres no descubrieron las heridas. Y las horas se arrastraron cruelmente en ausencia de la Yany. Yo me asomaba por la ventana a ver si de pronto aparecía, pero nada, nada.

Una mañana salí a buscarla al supermercado. Antes pasé por la bencinera y vi que el muchacho atendía al conductor de un auto deportivo. La carrocería brillaba con el sol, pero el conductor, desde su asiento, insistía en que el muchacho limpiara una supuesta mancha en el parabrisas. «Ahí, ahí», repetía exasperado mientras golpeaba con su dedo el vidrio frente a él. El muchacho la limpió pero luego sacó un trapo negro de su bolsillo y esparció la grasa de un lado a otro en el vidrio de atrás. El tipo se fue furioso, gritando.

Picante de mierda, resentido, muerto de hambre.

Aceleró y desapareció.

El muchacho se limpiaba las manos en otro trapo cuando vio que me acercaba. Sonrió al verme y también me alegré.

¿Y la perrita?, le pregunté.

¿La Daisy?, dijo.

No, no, no. No se llamaba la Daisy. No se podía llamar la Daisy. Los nombres importan demasiado.

La quiltra, contesté, con la boca repentinamente seca.

Por ahí debe andar, callejeando.

Los hombros del muchacho se encogieron y me preguntó cómo me llamaba.

Estela, le respondí.

Me arrepentí enseguida de no haberle mentido. Si la Yany era la Daisy yo pude haber dicho Gladys, Ana, María, Rosa.

Él se llamaba Carlos. Charly, aclaró, y exhibió esos dientes tan pequeños, tan perfectamente blancos.

¿La Daisy te sigue yendo a visitar?

Le dije que sí, pero que no venía hacía varios días. Él me prometió que me la llevaría.

Yo te la encamino, Estelita, en cuanto aparezca te la llevo. Y se despidió agitando esa mano todavía negra de grasa.

Cuando ya volvía a la casa me sobresaltó un bulto al costado del tacho comunal. Es ella, pensé, y sentí algo caliente en el estómago. Pero era una bolsa, nada más, una gran bolsa tirada al lado del contenedor. Yo ya sabía que la quería. No era necesario anticipar su muerte, verla atropellada en un cruce, envenenada en un rincón, torturada por esos niños consentidos y crueles. Ese espejismo me aterró. Lo más probable era que la Yany hubiese cojeado hasta un callejón, se hubiese acurrucado en una esquina y muerto sola, de una infección, sin importarle a nadie.

Volví a la casa, me encerré en la pieza y decidí llamar a mi mamá. Hacía varios días que no contestaba y solo me mandaba mensajes: estoy ocupada, estoy cansada, mejor hablemos el domingo. Vi una llamada perdida de la Sonia, pero no se la devolví. Plata, plata, plata, siempre lo mismo. Mejor mi mamá y sus historias más felices que tristes, más tibias que frías, más blandas que duras. Que me hablara de sus tardes buscando choros al borde del mar o de los cangrejos enredados en los tentáculos de los cochayuyos o de los tesoros que había dejado la marea baja en la orilla. Mi mamá, sin embargo, no contestó. Volví a llamar esa noche y otra vez, nada. Me puse nerviosa, es verdad, y las ideas asesinas retornaron. Mi mamá muerta de un infarto o de un derrumbe repentino. Electrocutada. Ahogada. No supe qué hacer.

Cuando llevaba varias horas sin dormir, girando de un lado a otro sobre el colchón, me dije: basta. Mi mamá habitualmente olvidaba su celular en el baño, entre las páginas de una revista, en el cajón de los cubiertos. Era normal que no atendiera. Debía estar trabajando, eso debía ser. Sus manos amasando, moliendo papas, cortando leña, limpiando el hollín, reparando inútilmente esa ruina de casa.

Y la Yany anda paseando por alguna plaza en el centro, me dije en la oscuridad de esa noche.

Y alguien le dio agua, eso es.

Una chica joven la vio y le ofreció un bol con agua fresca.

Y también un pedazo de pan.

Y acarició sus orejas, sí.

Y le desinfectó esa herida tan rara en su pata trasera.

Y la sanó, así es.

Así somos las personas, me repetí antes de cerrar los ojos.

Así somos, así somos.

Y pasó otro día de trabajo.

Varias veces me pareció escuchar a la Yany. En ocasiones oía los quejidos que largaba al dormir la siesta o me parecía que alguien me miraba desde una esquina del lavadero. Esa inquietud me mantenía alerta. O no. No es eso. La inquietud vino después y a lo mejor simplemente la extrañaba. La empleada doméstica se había encariñado con la perra callejera y los días se arrastraban penosamente sin su compañía: frotar los ventanales con limpia-vidrios, los zapatos cafés con betún café, los zapatos negros con betún negro, destapar el lavamanos, vaciar los basureros, poner-les bolsas, vaciarlos otra vez.

La niña, esos días, comió sin reclamar. Tal vez temía que yo la acusara por manchar mi delantal, por desperdigar la harina en el suelo. Si le servía pollo, se comía el pollo. Si le daba salmón, se comía el salmón. Seguía tardando una hora en comer, cien veces mascaba cada bocado, pero su plato quedaba reluciente.

Yo, cuando niña, también pasé un tiempo sin comer. ¿Les conté esa historia? Fueron unas semanas, nada más, lo que duré en el internado de niñas de Ancud. A mi mamá le habían pedido que trabajara puertas adentro en la casona y me dijo, sin rodeos:

No hay quien te cuide, quien te cocine, el internado queda cerca de mi pega.

Me dejó en la puerta de ese edificio un domingo por la tarde y esa misma noche no pude comer. No había nada malo con la comida, lentejas, porotos, cazuela, garbanzos, pero un nudo apretado me impedía tragar.

Las monjas no sabían qué hacer conmigo. Solo daba un bocado por la mañana a la hallulla con mantequilla y nada el resto del día. Se negaban a llamar a mi mamá, a involucrarla en las mañas de esa cabra de mierda, indisciplinada y floja, dijo la inspectora cuando miró mi plato sin tocar. La monja superiora intentó convencerme de que pronto me acostumbraría. Las otras niñas no eran malas y además mi mamá tenía que trabajar, ganarse el pan, ganar dinero. No me podía dejar sola en el medio del campo.

No recuerdo si las niñas eran malas o no. No retuve ni una cara, ni un solo nombre. Y lo que no se nombra se olvida, ya hablaremos sobre eso. Sí recuerdo un corredor muy largo y que de una punta a otra la inspectora se veía muy bajita, como una niña más. También recuerdo los techos altos del dormitorio común, el crujido de las escaleras polvorientas, el descampado al otro lado de las ventanas. Quería irme de ahí, volver al campo con mi mamá.

No fue un plan, lo prometo. Era la hora de almuerzo y llovía. Lo recuerdo bien porque los días de lluvia se empañaban los ventanales del comedor y más que nunca me parecía que estaría encerrada allí para siempre; no había afuera, no había calles, el campo había sido tragado por la niebla y solo quedaba el internado suspendido en un infierno de vapor. Hice fila frente a la cocina, me sirvieron un plato de charquicán y busqué a la inspectora con la mirada. Almorzaba con las monjas sobre una pequeña tarima en el mismo comedor. Ni siquiera lo pensé. Me acerqué, me paré enfrente y le tiré toda la comida a la cara. Y con todas mis fuerzas, unas fuerzas desconocidas, azoté el plato vacío en la nuca de la monja superiora.

No se espanten, por favor, ya he dicho que todos tenemos un límite.

La madre superiora se cayó al suelo y se quebró los dientes delanteros, mientras que la inspectora, todavía cubierta de papas y zapallo, me agarró de la muñeca y con la otra mano me pegó dos cachetadas. Los golpes con la correa inexplicablemente no me dolieron. Como si ya no estuviera en mi cuerpo; como si me hubiese ido de allí.

Esa misma tarde mi mamá me fue a buscar al internado y me llevó directo al campo. ¿Para qué voy a contarles, paso a paso, la marcha muda desde Ancud a nuestra casa? No me miró en todo el viaje, ni siquiera cuando llegamos. Por la noche preparó unas papas cocidas y unas chuletas que me devoré.

Cabra de mierda, dijo, mientras yo chupeteaba los huesos.

Con el plato ya vacío, me miró fijo y de pronto se empezó a reír. Primero una risa bajita, como si no pudiera contenerse, como si su boca, por su cuenta, arremetiera con esa risa, pero luego cada vez más fuerte hasta que se dejó agitar por las carcajadas.

¡Todo el charquicán a la cara!, dijo con la cabeza inclinada hacia atrás y la risa sacudiéndole los hombros. Yo me quedé helada, sin moverme. Mi mamá se reía a gritos, la boca abierta, los ojos entrecerrados, las lágrimas deslizándose por los costados de su cara. Al rato me contagió la risa y de repente nos encontramos las dos casi sin aire, una frente a la otra, dos carcajadas en la negrura infinita del campo. Luego le vino el cansancio. Nos dejamos de reír. Su cara volvió a ser la de siempre; las comisuras hacia abajo. Entonces dijo, muy seria:

Todo tiene consecuencias, Lita, eso lo tienes que entender.

Al alba me despertó y me advirtió que volvería a trabajar puertas adentro. Yo tenía trece años, pronto cumpliría catorce y me quedé en el campo, sola. O no, sola no. Estaban los chanchos, las huiñas, el caballo ciego del vecino. Y estaría yo, cada madrugada, caminando contra el viento hacia el paradero para no perderme el colectivo que me llevaría al liceo más cercano, sin una madre que me dijera: ponte el gorro, Lita, ¿para qué te tejí un gorro de lana?

Malcriada, dijo mi mamá justo antes de salir de la casa.

Y luego, como un augurio:

Vas a tener que aprender a cuidarte sola.

Las ratas volvieron a agazaparse en el entretecho de la casa, la niña se olvidó de la perra, su pierna sanó y la señora ascendió en el trabajo. Sería la encargada de sanear terrenos para nuevas plantaciones de pinos. El negocio de la madera prosperaba, abrirían una nueva filial en el sur. Discutían si el aumento de sueldo les permitiría comprar la casa en la playa o si era mejor invertir, multiplicar las ganancias.

En los veranos mi mamá y yo cosechábamos moras. No se crean que es otro desvío, las moras son importantes. Ella me enseñó cómo agarrarlas, cómo arrancarlas sin pincharme, cómo esquivarles las espinas. El secreto está en los ojos, decía, que no se te adelanten. Porque si estás mirando la siguiente mora, ¡zas!, te agarra la espina. A mí me atrapaban la ropa, los brazos, el pelo. Nunca pude controlar mis ojos. Se me iban a la mora siguiente, a su tinta negra en mi boca, mientras mi mano quedaba atrás, enganchada en la enredadera. Una vez agarré un ramillete completo y lo metí tal cual al canasto.

¿Y esto?, dijo mi mamá cuando vio los frutos todavía verdes.

Codiciosa, dijo, las moras no maduran todas juntas para que nadie, nunca, deje la rama pelada. Nosotras sacamos las de hoy, mañana otros sacan las de mañana. Si te llevas la rama completa otros se quedan sin, Lita.

Las moras verdes no maduraron. Se pudrieron y las boté. Las demás, las negras, las comimos hasta el invierno: mermelada de mora, queque de mora, kuchen de mora, leche de mora. Pero me fui por las ramas, o por las espinas, tal vez.

El patrón y la patrona celebraban el ascenso con una champaña en la terraza de su casa, la copa de ella vacía, la de él sin tocar. Les llevé un pocillo con aceitunas y unas servilletas de papel. La señora agarró una y se llevó esa aceituna a la boca. Cuando comía, se quitaba constantemente las migas de la falda. Incluso si no había una sola migaja repetía esos golpecitos sobre su ropa. Barría con el dorso de la mano esas inaceptables imperfecciones. En esa ocasión recuerdo que dijo chinchín, bebió de su copa y luego sacudió la mugre que estaba por venir. Eso, al menos, fue lo que pensé o a lo mejor también lo pienso ahora. Que se anticipaba a la suciedad que muy pronto la cubriría.

La niña quiso probar un sorbito de champaña. No vi si le dieron o no. Volví a la cocina a calentar la cena y oí que la señora decía:

Ju, te tengo un regalo.

Le tenía un regalo a su niña linda para que también ella aprendiera la importancia de ascender. Para que recordara que cuando se asciende se obtienen valiosas recompensas. Me asomé para preguntar si el señor quería comer arroz. Estaba a dieta, abandonaba el arroz sobre su plato y me decía:

Estela, te he dicho que no me traigas arroz.

Pero si yo no le llevaba arroz, me pedía un poquito, una cucharadita o acaso me quieres matar de hambre.

Estaba por preguntar lo del arroz cuando vi que la niña abría el paquete. Una caja de cartón bastante grande, envuelta en un papel rosado y blanco. Por un segundo pensé que era una mascota y la detesté. Tendría su propio perro. Un labrador o un pastor inglés, un policial o un chihuahua. Un cachorro hiperactivo y destructor, un animal que no era mi Yany, que nunca sería mi Yany.

Abrió la caja con torpeza, destruyendo el papel. Los legos quedaron tirados en el piso de la terraza. El vestido lo estudió entre sus manos mientras su cara enrojecía. Un vestido blanco con encajes en las mangas y una cinta rosada que le ceñiría la cintura. Ya saben de qué vestido les estoy hablando, el vestido del final.

Para celebrar tu cumpleaños, dijo la señora. Para que te vistas de princesa en una linda fiesta de disfraces.

Faltaban semanas para su cumpleaños pero ahí estaba ese vestido. La niña lo miró, luego a su madre y otra vez el vestido. Cómo describir su expresión. La permanente desesperación grabada en la cara de esa niña.

Cuando era una criatura había sucedido algo parecido. El señor le compró unos aros de perla a su niña adorada. Unas perlas blancas y perfectas para decorar esa cara blanca y también perfecta. La niña tenía cuatro años, a lo mejor un poco menos. No usaba aros porque le irritaban las orejas, pero ahí estaban esas perlas, dentro de una diminuta caja azul. El señor la abrió, se los mostró y ella retrocedió, espantada. Él ni siquiera se dio cuenta. Estaba ocupado en sacarlos de su cajita de terciopelo. Cuando lo consiguió se acuclilló y atravesó con cada aro los agujeros encostrados de esas orejas. La niña se quejó y comenzó a llorar. El señor le dijo que se veía hermosa, una señorita, exclamó, pero probablemente ella no lo escuchó. Lloraba fuera de sí, pataleaba en el suelo. Solo se calló, hablo del señor, de los elogios del señor, cuando vio lo que su hija era capaz de hacer. Se paró del suelo, la niña, lo miró roja de rabia, ida en su rabia, llevó su mano izquierda a su oreja izquierda, la derecha a la derecha, agarró ambas perlas y las rajó hacia abajo, hasta casi arrancarse los aros de sus lóbulos.

Recuerdo el silencio que se extendió entre la señora y el señor. Un silencio apretado, tenso. Él corrió y untó las orejas de su hija con alcohol. Me pidió que trajera hielos. También la sutura para evitar que la herida se partiera en dos. La señora miró la escena como si no estuviera ocurriendo. De pie, turbada, observaba a esa niña como si no la conociera. O, peor aún, como si temiera conocerla demasiado bien. Yo me quedé mirándolos sin saber qué hacer. La niña gritaba, gruñía, entre el miedo y el dolor. El señor, en ese instante, alzó la vista y me buscó. Fue una mirada llena de rencor. Porque la empleada había sentido lástima por su familia.

No sé si hablaron de eso después. Si por la noche, acostados, comentaron en murmullos que esa no era una conducta normal. Si discutieron sobre el carácter descontrolado de su niña perfecta. La que se negaba a comer. La que se devoraba las uñas. La que le pegaba a sus compañeros. La niña no dijo nada, eso sí lo recuerdo. Se quedó varios días en la casa con una gasa en cada oreja, pero pronto la herida cicatrizó y borró ese recuerdo de su piel. Y ahí estaba otra vez esa desesperación. La niña con el vestido entre las manos, roja, lejos.

La señora se lo quitó.

No importa, dijo. No tiene importancia, repitió, claramente descompuesta.

En ese momento la señora me miró. Ahí estaba su empleada doméstica, testigo principal de su infelicidad. Y a nadie, nunca, le gusta que pongan en duda su felicidad.

No sé cuántos días pasaron y debería saberlo. Fueron los últimos días de la realidad tal como la conocía.

El timbre de la casa me sobresaltó mientras planchaba la ropa. Tantas horas planchando, encogiendo cada prenda, recorriéndolas con el calor. Alcé la vista y pensé que debía ser el cartero, pero enseguida recordé al Carlos, a la Yany, y me encaminé hacia la puerta. Sé que en ningún momento solté la blusa azul de la señora. Como si siguiera planchando mientras cruzaba la cocina, el pasillo, mientras abría la reja y encontraba esa cara que no debía estar ahí: mi prima Sonia, una mochila al hombro, un sobre café entre sus manos. Era verano y el sol provocaba un brillo movedizo en su pelo, borrándola aquí y allá.

Ni siquiera me saludó. Habló como si esa frase le quemara la lengua y al fin pudiera escupirla.

Se murió, dijo.

El sol seguía divirtiéndose en su pelo, volviéndolo blanco, pura luz.

Mi prima Sonia volvió a hablar:

Estaba trabajando en la salmonera cuando se cayó al suelo, de costado, como un saco de papas. Se murió de sopetón, Estela, hace cinco días.

Vi que unas gotas de sudor se habían juntado sobre su labio y que su boca tenía las comisuras arqueadas hacia arriba, como debían ser las bocas de las personas felices. Ahora esa boca decía que no sabía exactamente lo que había pasado. Mi mamá destripaba los salmones, les raspaba las escamas, les arrancaba los huevos, cuando de pronto. Eso dijo:

Cuando de pronto...

Las palabras seguían desprendiéndose de su boca, mientras el sol, arriba, estrujaba el sudor de su frente. Tanteé mi bolsillo, saqué el celular y disqué el número de mi mamá. En la pantalla aparecieron las palabras: llamando a mamá.

Respondería, claro que sí. Diría: «Mi Lita», y me contaría de las toninas rompiendo la superficie del mar o de los cisnes de cuello negro flotando a la orilla del agua. Quise retener esas imágenes: el ojo perplejo de los cisnes, el arco negro de sus cuellos. La llamada se interrumpió: sin respuesta.

La Sonia me explicó que ella se había enterado apenas ayer. Que mi mamá estaba con uno de sus compañeros de trabajo, un tal Mauro, y no te enojes pero yo estaba en Punta Arenas, dijo, trabajando en las centollas, está todo tan caro, tan difícil, Estela, no hay plata ni pa leña.

Mi mamá decía que las centollas eran arañas marcianas y que en verano se quedaban varadas, atontadas por el calor, sin entender que se estaban cocinando sobre la arena, pasando del gris al rojo, cada vez más cerca de la mayonesa y del chorrito de limón.

La Sonia no dejaba de moverse, alternaba su peso de una pierna a otra, y el sobre café también pasaba de una mano a la otra. Llevaba unas zapatillas nuevas, recién estrenadas. Yo las vi, ella lo supo y ya no se atrevió a mirarme más.

Yo le mandaba plata a fin de mes para que ella cuidara a mi mamá. Para que no se quedara sola en el campo y no le empeorara la pierna. Mi mamá, sin embargo, no estaba en la casa. Con el filo de un cuchillo rajaba los vientres de los salmones. Separaba los huevos de las vísceras que servirían para alimentar a otros animales que pronto también morirían.

Me explicó que por la urgencia, porque esas cosas hay que hacerlas de inmediato, ese hombre, el desconocido que estaba a su lado en la salmonera, se había encargado. No entendí a qué se refería. Los cordones blancos, las costuras impecables de esas zapatillas, las comisuras felices, el sol enrojeciendo su cara, el sudor asentado en su frente.

Se encargó del entierro, dijo, y esa palabra fue lo último que pude escuchar.

Ese día yo había cocinado un guiso de carne, había barrido toda la casa, había bañado y vestido a la niña mientras mi mamá estaba enterrada entre las raíces torcidas de un mañío. Son cosas que una cree que va a sentir. Que de pronto va a escuchar un murmullo similar a la voz de la madre o que va a soplar una corriente fría en el medio del calor. Un presentimiento, de eso hablo. Qué palabra, pre-sentimiento. ¿Pero cuál es el sentimiento anterior al dolor? Eso fue lo que más me entristeció: yo no había sentido absolutamente nada.

La Sonia agachó la mirada y me dijo que se tenía que ir. Había viajado a Santiago para buscar pega, porque en cuanto se enteró de lo de mi mamá se fue de Punta Arenas a Chiloé y la despidieron de la empresa.

Si acaso yo sabía de algo, eso preguntó.

Lo que sea, dijo.

No tengo un peso, dijo.

No sé qué le contesté. Solo sé que cuando estaba a punto de cerrar la reja ella me entregó el sobre café y yo di un portazo sin despedirme.

Me quedé atontada mirando en dirección a la casa. Afuera estaba mi prima. Adentro, pronto, estaría yo. En el sur, mi mamá muerta. Nunca sabría si ese hombre la había lavado y peinado. Nunca sabría si había escogido el vestido de encajes, si le había cruzado las manos sobre el pecho, si había cantado para despedirla.

Di un par de pasos, eso creo, cuando ocurrió lo que ocurrió. El antejardín de la casa se fue ensanchando a mi alrededor. Las espinas de los cactus avanzaron, se inclinaron y justo antes de clavarse en mi piel, se transformaron en ramas de ulmos y pehuenes y canelos. El sol también se hinchó y la realidad, toda, se dilató para hacer lugar a tanta luz. La casa, las piedras, las copas de los árboles parecían a punto de estallar. Luego, por un segundo, las cosas brillaron, rebalsadas de luz, y también yo brillé entre las cosas, un poco menos sola.

Entré a la casa, pero no estoy segura de si se trataba de la misma casa. Los objetos eran idénticos, los muebles, la disposición de las piezas. Y, sin embargo, me encontré en otro lugar. Seguí planchando por costumbre o porque mis manos aún sostenían la blusa azul y sus arrugas también azules. Recuerdo que pestañeaba, consciente del subir y bajar de mis párpados, mientras una idea no dejaba de zumbarme en la cabeza: yo le habría cerrado los párpados a mi mamá y antes de sellarle la boca le habría dejado un botón apoyado sobre la lengua. A todas sus prendas les faltaba el primer botón. Porque mi mamá tiraba del cuello de su delantal o de su blusa, el cuello de lo que sea que la estuviera ahorcando para así salvarse de la asfixia. A toda su ropa le faltaba el botón de más arriba.

Pasó un buen rato hasta que sentí el pinchazo de la realidad. Yo seguía viva, mi pecho se llenaba de aire, tenía sed, incluso hambre. Y eso no podía ser. Yo debía volver al sur después de trabajar apenas un año en Santiago. Debía juntar plata para reparar los techos de zinc, para construir un zaguán, para agregar otra pieza a la casa y que allí viviéramos y muriéramos ella y yo, madre e hija. Y de ahora en adelante yo debía seguir viva.

Ignoro cuánto tiempo pasó después. Solo sé que se hizo de noche y no escuché cuando el señor regresó de su trabajo. Yo no había encendido las luces, no había preparado la cena, no había puesto la mesa y ni siquiera había terminado de planchar. El señor entró a la cocina, apretó el interruptor, y una luz muy blanca endureció las cosas que me rodeaban.

Qué pasa, dijo con una voz ronca.

Yo lo miré, eso fue todo, pero él entendió que algo malo había ocurrido. Se acercó, alzó su mano, la apoyó sobre mi hombro y habló.

Lo siento, Estela. Ya se te va a pasar, tranquila.

Sentí algo caliente en mi estómago, justo aquí.

Siempre me molestó que otros creyeran saber más que yo, sobre todo más que yo sobre mí misma. Qué sabía él de mi dolor.

Apoyé la blusa sobre la tabla de planchar. Sé que era la blusa azul petróleo, porque fue la única prenda que planché todo ese día. Una y otra vez, el revés y el derecho de esa blusa. La encontré tirada en la basura a la mañana siguiente.

Sacudí el hombro para deshacerme del peso de esa mano e intenté recobrar la cara de mi mamá. Los pómulos marcados, los ojos pequeños, las manchitas cafés en su frente, las cejas arqueadas y finas, los dientes cuadrados, algo amarillos. Estiré los puños de la blusa y seguí aplastando la tela hacia abajo, hacia los costados, hacia fuera.

Esperé a que él se fuera, pero no se movió. Aún no había terminado. Seguramente me diría cuánto lo sentía. Me explicaría el ciclo de la vida. Nacer. Crecer. Reproducirse. Morir. Empezaría con una frase como «a ver, Estela, déjame explicarte algo». Y me explicaría algo. Después me entregaría unos billetes para el entierro. Casi lo pude ver hurgando en su billetera, buscando la cifra apropiada, ni mucho ni poco. Algo digno, suficiente para una mujer como yo.

Nada de eso ocurrió. Él, que seguía a mi lado, que me miraba fijamente, me tomó por los hombros, se acercó y me abrazó.

Me callé de golpe. Mi mente también se calló de golpe y sentí un ardor espantoso en mi boca y detrás de mis ojos.

No, no. Eso no podía ser la vida.

Todo lo sentí después. Cuando amaneció me senté en el borde de la cama con un malestar en el estómago. Me angustié y pensé: algo terrible está a punto de ocurrir. Entonces recordé a mi prima Sonia, a mi mamá enterrada, y pude ver la lluvia horadando la tierra revuelta del cementerio. Ya había ocurrido, ¿entienden? Lo terrible, lo horroroso, ya era parte del pasado. Y yo continuaba sobre esa cama, en esa pieza, en esa casa. Estaba viva en esa realidad que seguía adelante sin ella.

Cuando salí a la cocina, la señora me esperaba con una taza de té.

Estela, querida.

Nunca antes me había dicho querida. Me dijo que nos sentáramos y me entregó unos billetes doblados por la mitad.

Ándate al sur, dijo.

Y después:

Es importante pasar estos momentos con la familia.

Miré el dinero entre mis manos y contemplé todo el trayecto:

Cuadras y cuadras hasta la micro.

Dos micros hasta el metro.

El metro hasta la terminal.

La larga fila en la boletería.

Catorce horas con la frente pegada al vidrio del bus.

Un ferry para atravesar el canal.

Un colectivo.

Diez minutos andando por el barro.

Tocar a la puerta, tocar a la puerta y que nadie la abriera.

Gracias, le dije. Mejor voy más adelante.

Ella me aconsejó que me tomara el día.

Descansa, Estela. Es importante descansar.

Era importante descansar. Era importante la familia.

Me devolví a la pieza, cerré la puerta y recordé el sobre de papel. Me senté a la orilla de la cama, despegué los bordes con cuidado y lo agité boca abajo sobre el colchón.

Del interior cayeron las dos manos de mi mamá.

Ella usaba esos guantes de cuero cada invierno. Podía llevar unos jeans agujereados, una casaca gastada y esos elegantes guantes negros. Se los había regalado mi abuela para que no pasara frío. Porque la lana se mojaba. Porque las manos se partían. Fue un regalo que le dio poco antes de morir. Apoyé los guantes sobre el cubrecama y los ordené, uno junto al otro. Sus diez dedos apuntaron hacia mí, como si ella estuviera sentada al frente y las puntas de mis dedos rozaran los suyos.

La primera parte del cuerpo que se hereda son las manos, ¿lo han notado? Miren las suyas si no me creen, examinen sus uñas, sus cutículas, la forma de sus nudillos. Al principio puede no ser evidente. Las manos jóvenes jamás se parecen a las manos de la madre vieja. Con los años, sin embargo, el parecido es innegable. Los dedos se ensanchan. Las puntas se tuercen. Aparecen idénticas manchas a las que algún día revistieron las manos de la abuela, las adoradas manos de la madre. A mis quince años ya las teníamos del mismo tamaño. Yo ponía mi palma contra la suya y nuestras uñas alcanzaban el mismo filo. Sus dedos gruesos y fibrosos, contorsionados por el trabajo, las venas abultadas bajo la piel, sus dorsos repletos de nudos y mis manos todavía delicadas, todavía suaves. Miré mis manos, sus guantes, y pensé: la madre muere y deja sus manos en las manos de la hija.

Me puse el guante izquierdo, luego el derecho. Me iban perfectos; ni una arruga en el dorso, ni un espacio en la palma. Me recosté sobre la cama y apoyé sus manos sobre mi pecho. En ese momento recordé la higuera. Sus frutos negros en el suelo. Esa había sido la advertencia: la muerte siempre viene de a tres. Mi mamá, ahora, era la primera del trío. Faltaban dos. Y deseé que la siguiente fuera yo.

Mi silencio comenzó después de la muerte de mi mamá. No fue intencional. Tampoco un castigo. Un laberinto, tal vez, si necesitan definirlo, y cuando llevaba allí demasiado tiempo ya no pude encontrar la salida.

Yo estaba friendo una tortilla cuando la señora entró a la cocina.

Estela, dijo, dónde están los fósforos.

Y yo le pasé los fósforos.

Hagamos pollo arvejado.

Y yo cociné pollo arvejado.

Cambia las sábanas de la Julia.

Y yo puse las sábanas limpias.

Una tarde apareció un calcetín sobre la mesa de la cocina. A su lado, el costurero. Dentro del costurero, aguja e hilo. Enhebré la aguja, cosí el agujero, devolví el calcetín a su cajón. Quién necesita las palabras.

La Yany ya no me hacía compañía, no tenía una madre a quien llamar y eso abría un silencio tan profundo que cualquier frase no era más que ruido. Dejé de atender el teléfono. Dejé de contestarle a la señora. Dejé de tararear melodías mientras pasaba el trapo con lustramuebles. Y dejé de hablarle a la niña. Ni una sola frase, ni una mísera afirmación.

No sé cuánto tiempo duró mi silencio. Y digo silencio sabiendo que se trata de una imprecisión pero que para ustedes será más sencillo entenderlo de ese modo. Escribir en sus notas: «Dice haber guardado silencio». O preguntarle a la señora: «¿Su empleada estuvo en silencio?». La señora entonces les dirá: «No recuerdo ningún silencio». Porque dudo que una mujer como ella reparara en un silencio como el mío.

Hay un orden en las palabras, no sé si ya se habrán dado cuenta. Causa-consecuencia. Inicio-final. No es posible cualquier orden. Para hablar, cada palabra debe guardar distancia de la anterior, como los niños formados frente a la puerta de la sala de clases. De pequeñas a grandes, de bajas a altas, las palabras exigen una determinada disposición. En el silencio, en cambio, todas las palabras existen a la vez: suaves y ásperas, tibias y frías.

Empecé a notar algunos cambios, aunque de seguro nadie más los percibió. Entre más me callaba más potente se volvía mi presencia, más nítidos mis bordes, más significativos los gestos de mi cara. Así pasaron algunas semanas. Escriban en sus documentos «varias semanas» o «un número indeterminado de semanas»; ya les he dicho que no es fácil darle un orden a esa época. Yo simplemente hacía, no hablaba. O no hacía y no hacer era otra manera de hablar: no barrer los guardapolvos, no pasar el plumero, no echarle cloro a la piscina y ver el agua teñirse de un verde más oscuro cada vez.

También entendí que en el mundo no hay palabras para todo. Y no hablo de morir o vivir, no hablo de frases como «el dolor no tiene palabras». Mi dolor sí tenía palabras, pero mientras escobillaba el fondo del guáter, mientras refregaba los hongos de la tina, mientras rebanaba una cebolla, ya no pensaba con palabras. El hilo que unía las palabras y las cosas se había desatado y había quedado el mundo, nada más. Un mundo desprovisto de palabras.

Pero esa, claro, sí es una larga digresión. Tarjen esta página completa, también la anterior. Ustedes probablemente quieren saber si yo maté a la niña o si fui yo quien sembró esa idea en su cabeza. Subrayen esto con lápiz rojo: la niña se ahogó. Y, sin embargo, ella sabía nadar. Ya les he contado cómo aprendió en la piscina con su padre. Pregúntenle al señor, a la señora; sabía nadar como una experta. Explíquenme ustedes cómo es posible que ambas afirmaciones sean correctas; cómo existe una realidad donde ambos hechos son verdad. Defiendan ustedes a las palabras. Ustedes, los que tarjan párrafos, los que se esconden tras ese espejo.

Las cosas, en esos días, empezaron a hablar por mí. No había arriba ni abajo. Antes ni después. Sin palabras el tiempo se queda sin inicio, ¿entienden? Y es casi imposible contar lo que no tiene un inicio. El hervor del agua fue mi reloj, el fuego fue fuego sin su nombre y el polvo siguió delineando los contornos de las cosas.

No, no. Así no me van a entender. Lo intentaré de otra manera.

Entre más días pasaban, más se hundía el silencio en mi garganta y se me endurecían las palabras. Me llené de pensamientos y preguntas nuevas. Si, por ejemplo, las cosas cambiarían al perder sus nombres tal como se transformaban al ganarlos. Decir patrona, ama, decir jefa, propietaria. Decir empleada, nana, sirvienta, criada. O negarse, ¿saben? Eso, indudablemente, transforma las cosas.

Sin saberlo, sin planearlo, me entrené. Creo que solo lo entiendo ahora, solo en este instante tiene sentido haberme pasado tanto tiempo mirando a esa extraña barrer el piso, botar las ciruelas mohosas, limpiar el tacho, limpiar los vidrios, recoger los pelos en el baño. Me entrené como se entrenan los deportistas para aguantar el dolor, como nos entrenan a ustedes y a mí a despreciarnos los unos a los otros. Y entrenándome a mí misma, la entrené también a ella.

A la que planchaba.

A la que regaba.

A la que preparaba pollo a la cacerola.

A la que limpiaba las costras de caca de la loza del guáter.

Y recogía los pelos atorados en la boca abierta del desagüe.

Y planchaba pantalones y calzoncillos y su propio delantal.

Y refregaba los espejos con su enorme guante amarillo.

Y se desconcertaba al ver el reflejo: el rostro cansado, la piel reseca, los ojos rojos por el cloro.

Esa mujer que supo volverse imprescindible.

Aprendió a trenzar el pelo de la niña.

Aprendió a tomar los recados del doctor.

A no decir sobaco sino axila.

A no decir hubieron sino hubo.

A devolver los cuchillos al cajón de los cuchillos.

Las cucharas al cajón de las cucharas.

Y las palabras a la garganta, de donde nunca debieron salir.

Callar no me costó gran trabajo. Ya no venía la Yany, ya no sonaba mi celular, ya no existía la voz de mi mamá ni las preguntas de mi mamá. Y a mí, los patrones casi no me hacían preguntas. O no el tipo de preguntas que requieren de una respuesta.

Era la segunda vez que perdía el habla, aunque perder tampoco es la palabra correcta. Cuando mi mamá me metió en el internado, antes del episodio del charquicán, me agarré una pulmonía por no comer, por no nutrirme como corresponde. Eso dijo la monja superiora cuando me auscultó el silbido en el pecho: hay que comer, María Estela, hay que nutrirse como corresponde. A veces pienso que yo me quise enfermar. Prefería morirme antes que seguir encarcelada en ese infierno escuchando a esa monja llamarme María Estela cada mañana.

Primero sentí una vibración en la espalda, un cansancio repentino y, de un minuto a otro, ya no pude sacar la voz.

Por malcriada, por porfiada, por cabra de mierda, dijo la inspectora y pese a la fiebre no me permitió quedarme acostada en la cama.

No le contesté. Apenas podía respirar. Sentía que la cabeza me pesaba y un ardor en las costillas. La fiebre subió. Me puse pálida. Me agravé. Se resignaron y al final llamaron a mi mamá.

Ella me esperó abajo, con su propio delantal cuadriculado. Me vio y cuando estaba lista para regañarme por traerle problemas, por no dejarla en paz, me apoyó la mano en la frente y me llevó con ella a la casona donde trabajaba de sol a sol.

Pueden ir a verla ustedes mismos; hablo de la casona donde trabajaba, no de mi madre muerta. Una casa de varios pisos apostada en una esquina frente al mar. Antes de entrar mi mamá me pidió que me portara bien, que por el amor de Dios no hiciera ningún escándalo.

Me llevó hacia una pieza conectada a la cocina. Era pequeña, esa pieza: una cama, un velador, una cómoda, ya saben. Me acosté y ella apoyó un paño frío y húmedo en mi frente. Entonces vi que desde la puerta nos espiaba una niña. Tenía siete u ocho años, varios menos que yo, y llevaba un vestido rosado y una larga trenza francesa. Una trenza peinada por mi mamá, mechón por mechón.

Sus padres eran los dueños de un restaurant, ¿ya se los dije? Se llamaba El Porvenir. A veces mi mamá también lo limpiaba los fines de semana y decía, desanimada: El domingo me toca limpiar El Porvenir. Yo me reía y ella se reía un ratito después. Pero cambié de tema otra vez, qué importancia tiene El Porvenir... Mi mamá me quitó el chaleco y me cubrió con una toalla seca.

Estás empapada, dijo, y el contacto con esa tela me dolió.

Después me hizo una friega en el pecho con un ungüento mentolado y apoyó encima, justo en el centro, un cabito de vela encendida. El fuego subía y bajaba con mi respiración, y yo lo veía erguirse y hundirse, como si el sol se alzara y se hundiera en cada suspiro. El olor a humo y menta me tranquilizó.

En ese momento se asomó su patrona, la jefa de mi mamá. Le debe haber dicho:

Qué estás haciendo, huasa. La vas a quemar viva.

O a lo mejor fue solamente una mirada de molestia o repugnancia ante esa niña embetunada, pasada a menta. La mujer entró, quitó la vela y me entregó dos pastillas y un vaso con agua.

Al seco, ordenó, y salió de la pieza.

Mi mamá no habló en su presencia, pero me pareció que su silencio era un tipo de grito. Yo, allí acostada, tampoco dije nada, qué le iba a decir. Pero cuando se fue la señora, escupí las pastillas y mi mamá, al verlas deshechas sobre mi mano, me dio un beso en la frente y me sonrió.

Amanecí repuesta, mi voz restaurada, y le pregunté a mi mamá si me podía quedar con ella en esa casa, jugar con esa niña, vivir con esos padres, comer esa comida. Era escueta, mi mamá. Una mujer de pocas palabras.

Cabra de mierda, dijo y me llevó de vuelta al internado.

En ocasiones me pregunto qué hubiese dicho de haber hablado y si acaso eso, hablar, hubiese evitado la tragedia. Seguramente ustedes piensan que sí. Deben de ser el tipo de persona que tiene confianza en las palabras. Creen que es preferible desahogarse y sentarse a discutir las diferencias: la diferencia entre el sindicato y la jefatura, entre empleadas y patronas, entre esa otra niña y yo.

Me entregué muda al día a día y perdí las ganas de hablar. Con quiénes. Para qué, si ya no estaba la Yany, ya no existía mi mamá. En el intertanto, la rutina, una y otra vez: sacar la basura ajena, aspirar alfombras ajenas, limpiar espejos ajenos, refregar la ropa ajena.

¿Han metido sus manos en el canasto de la ropa sucia? ¿Han hundido sus dedos en la espesura de brazos y piernas que se apila en el fondo? Cada viernes era el turno de vaciar el cesto de los patrones y constatar que abajo se amontonaban sus cuerpos otra vez: manchas cafés en los calzones, manchas blancas en calzoncillos, calcetines húmedos y negros. Juro que a veces, al abrir la tapa, me parecía oír sus gritos.

Para evitar dos viajes al lavadero apoyaba toda la ropa contra mi pecho y me llevaba sus cuerpos abrazados, avinagrados de sudor, endurecidos por la mugre. Y caminaba con el señor, con la señora, con la niña a cuestas por el pasillo. Después los soltaba sobre la lavadora e iniciaba la separación: el torso de la señora a la izquierda, los pechos a la derecha, las piernas a la izquierda, los pies a la derecha. Blanco y color, separados. Separados el poliéster y el algodón.

Una tela es capaz de guardar muchísimos secretos, no sé si lo han pensado alguna vez. Las rodillas gastadas por desplomarse una y otra vez sobre la tierra, la entrepierna abrillantada por el roce de unos muslos demasiado gruesos, los codos marcados por horas y horas de aburrimiento. Las telas no mienten, no fingen: dónde se gastan, dónde se rompen, dónde se manchan. Hay muchas maneras de hablar. La voz es solo la más sencilla.

Pero eso sí que es un desvío, palabrería nada más. A veces me pregunto qué ideas pasarán por sus cabezas, si acaso transcriben lo que digo o si están a la espera de lo que quieren escuchar. Que les diga, por ejemplo, que los patrones eran buenos conmigo. Que me pagaban puntualmente cada fin de mes. Que yo prefería mantenerme ocupada: rastrillar las hojas, hacer mermelada, cosas y más cosas para que así la vida se acelerara. O a lo mejor esperan expectantes que les cuente otro cuento: el de la empleada que llegó a la casona a los quince años, que adoraba al hijo mayor, el que le tiraba el pelo y le hacía cosquillas. Esa historia es triste, claro que sí. Porque un día el niño crece y la arrincona en la cocina y mete su lengua en la boca de la empleada. O porque una noche entra al ático, se escabulle por la puerta, le mete los dedos en la entrepierna y se abre camino hasta partirla en dos.

Nada de eso ocurrió conmigo. En Chiloé trabajé en un supermercado, en una empaquetadora de choritos, vendiendo diarios en una esquina y solo al final, a los treinta y tres, decidí probar suerte en Santiago. Pero me fui al sur otra vez, todavía me cuesta enrielar las palabras.

Yo estaba sola en la cocina limpiando las gavetas del refrigerador: el depósito de los huevos, el estante de la leche, el cajón de las verduras, cuando oí un chasquido. Sonó así: psssst, psssst y luego se pausó. Lo ignoré, pero empezó de nuevo: psssst, psssst, psssst, psssst. Venía de fuera.

Dejé el refrigerador a medio limpiar y me asomé por la ventana que daba a la entrada. Tras la reja, con su overol, estaba el Carlos agitando la mano, y a sus pies, quieta, mi Yany sentada en sus patas traseras.

Sentí que se me abrían los ojos y se me apuraba el corazón. La perra barría el piso con su cola y el Carlos se empinaba en sus zapatos para espiar dentro de la casa.

Pensé que debía tratarse de una aparición, de un fantasma de la Yany, pero la perra que yo creía muerta me contemplaba desde el portón con sus ojos dulces, redondeados. De inmediato pensé en mi mamá. Si acaso también ella podría aparecer al otro lado de la reja, tan viva como ese animal o tan fantasmal como ella. Ese pensamiento me entristeció pero la pena fue breve. El Carlos, en cuanto me vio, le dio un empujoncito a la perra para que pasara entre los barrotes. Y ella, sin dudarlo, le obedeció.

Aquí la tienes, dijo el Carlos.

Y después:

Siempre vuelve.

Me sonrió y yo también le sonreí. Lo recuerdo bien porque me pareció un gesto ajeno a mi cara. Esa cara sonreía porque la perra había regresado. La quiltra de mierda con su pata sana atravesaba el jardín y corría hacia mí.

Salí a su encuentro y ella de inmediato me saltó encima. Y yo le acaricié mucho rato la cabezota sucia y el lomo lleno de greñas. Más tarde, como si nada hubiese pasado, se echó bajo el dintel y me hizo compañía. Y cuando la niña estaba por volver, la Yany se fue sin chistar. No cometería el mismo error. No se lo diría a la niña.

Sht, le dije en la tarde y ella se escabulló hacia la salida.

A veces pienso que el regreso de la Yany precipitó el final. Que esos días con ella fueron la última advertencia.

No sé si estaba pensando en eso. Guardaba la loza limpia de la noche anterior: las copas con las copas, los platos con los platos, cuando sentí unos ojos en mi nuca. Deben haber sido las seis y media de la mañana, el sol aún no asomaba tras la montaña y el señor acababa de llegar de su turno en la clínica. Rara vez le tocaba el horario nocturno, pero ahí estaba, en la cocina: los pies apenas separados, los brazos inertes a cada lado, el delantal sin abotonar y una mueca desencajada.

Caminó adormilado hasta la despensa y sacó una botella de whisky. No tomaba, ya se los dije, era el whisky para los invitados. Quedaba apenas un resto y tampoco era un horario para tomar. Debía acostarse, dormir, despertar al mediodía, quejarse del cansancio, de sus pacientes, del calor, de la comida, pero se desplomó sobre la silla y se sirvió el que sería el primer vaso.

Mi turno terminó a las dos, eso dijo.

Tuve dudas de si me hablaba a mí. Casi nunca me hablaba. Una orden, una instrucción, pero jamás una frase como esa.

Habían pasado cuatro horas desde las dos de la madrugada. Afuera, el chillido de unos loros repiqueteaba como una alarma, pero él siguió adelante, como hablan las personas acostumbradas a que las escuchen hasta el final.

Nunca antes lo había hecho, eso dijo el señor. Que ni siquiera lo había pensado, pero la vio en la calle y fue como si dejara de ser él mismo.

Quise que se callara de inmediato. En media hora la niña se despertaría y yo no había tomado mi desayuno ni terminado de guardar los vasos con los vasos, las tazas con las tazas.

Dijo que había sido un día como cualquiera, pero que manejando de regreso a la casa había sentido un aburrimiento, esas fueron sus palabras: un tedio que lo mataría. Que entonces vio a esa mujer en una esquina y sin pensarlo detuvo el auto.

Yo tenía un plato en la mano, limpio, seco. Un plato que si soltaba se estrellaría contra el piso de la cocina, despertando a la señora y a la niña, cambiando el curso de esta historia.

Si pudiera volver al pasado seguiría de largo, dijo el señor, pero la mujer abrió la puerta y lo saludó con una familiaridad desconcertante. Él se preguntó si la conocía, una paciente, tal vez, pero no pudo dar con su cara en el recuerdo. Ella, a su vez, dijo saber de un lugar discreto y le indicó dónde estacionarse, qué habitación escoger.

Yo seguía inmóvil en la mitad de la cocina, tan atrapada por esa historia como ustedes por la mía pero con un plato limpio que a continuación debía guardar. Un plato repentinamente pesado. Tanto que mis dedos no podrían, no resistirían ese peso y pronto, muy pronto, lo dejarían caer.

El señor se había quedado a los pies de la cama sin saber qué hacer, qué decirle a esa mujer, cómo tocarla, cómo acercarse, y tal vez por eso fijó la vista en el único cuadro de las paredes.

Una foto de un desierto, dijo. Un desierto agrietado por el sol.

No sé por qué le pareció importante mencionar esa foto. Qué tenían que ver las grietas del desierto con la mujer, con su tedio, con lo que pronto sucedería. El señor rellenó el vaso de whisky, se agarró el cráneo con una mano y con el dedo índice de la otra revolvió el líquido amarillento. Nunca lo había visto así. La piel lívida, las ojeras violeta, los ojos inyectados de sangre. Como si se hubiesen podrido, eso pensé. Como si la podredumbre se hubiese aposado en sus ojos.

Dijo que la mujer se había recostado de espaldas sobre la cama, fingiendo una experticia que no tenía. Yo me senté a su lado, dijo después, y deslicé una mano por su pierna hasta llegar debajo de su falda.

Me pregunté por qué ese hombre me contaba esa historia a mí, a la empleada doméstica con la que rara vez hablaba y consideré interrumpirlo, decirle: basta ya. Pero mi silencio se había endurecido y él siguió como si ya no pudiera parar.

No tenía calzones, esas fueron las palabras del buen doctor. Y ella se dejó tocar, incómoda, aunque solo por un instante. Después cerró las piernas y le ordenó que primero le pagara.

Me di cuenta de que no podría detenerlo. Hablo del señor, del relato del señor. Ya no podría desoír lo que ese hombre estaba a punto de contar. Era yo, o más bien mi silencio, el que lo apuntalaba. Como si cada palabra no dicha les abriera camino a las suyas.

Le preguntó cuánto, exactamente cuánto le debía pagar, y la mujer le contestó: todo, págame todo. Dijo otra cosa después. Con una voz ronca y seca, una voz llena de desprecio, el señor creyó escuchar una instrucción: agarrar un bisturí, clavarlo en su mejilla y sacar su lengua por ahí.

El señor no tenía un agujero en su mejilla, su lengua seguía dentro de su boca, pero su cara podía desprenderse sobre la mesa y yo tendría que recogerla y guardarla en un cajón: los manteles con los manteles, los cuchillos con los cuchillos, las caras con las caras.

Sentado en el borde de la cama, el señor se quedó en silencio. O al menos eso fue lo que me contó. Pero era otro silencio, uno muy distinto al mío. Dijo que sentía el agujero en la mejilla, la lengua entumecida, la boca seca, y que le pasó toda la plata que tenía en su billetera. La mujer la guardó y habló.

Nunca más nos vamos a ver, le advirtió. En veinte o treinta años vas a dudar de si esto pasó, si acaso yo existí, si tú te sentaste en esta cama y vaciaste tu billetera. Ahora cuéntame tu secreto, vamos. Yo te lo escondo.

Lo miré, hablo del señor, y todo lo que quise fue que se callara. Que se fuera a la cama y se quedara dormido y se despertara como tantas otras veces y saliera a trotar y tomara el desayuno y mirara en el espejo su infelicidad.

Debe haber visto mi desesperación y por eso me miró de ese modo, los ojos irritados aunque curiosos, como si me mirara por primera vez. Yo llevaba siete años en esa casa, y esa madrugada, con el sol asomándose por la montaña, ese hombre alzó los ojos y ya no pudo dejar de verme. Yo también lo miré y me pregunté si tendría que pagar por haber sido testigo de su debilidad. Y cuál sería el precio, cuán alto, cuán costoso.

Dijo que él tenía veinticuatro años.

Primero no supe de qué hablaba. Después entendí que su secreto había ocurrido hacía veinte años y que ahora su emplea- da doméstica lo tendría que escuchar. Para eso le pagaba a una sirvienta discreta, muda. Una auténtica tumba.

Faltaba apenas un mes para que terminara su carrera y su supervisor le había dicho que le confiaría ese caso difícil, una paciente delicada que requería criterio. Él se encaminó hacia la sala que le habían asignado, pasó frente a filas y filas de camas- tros de fierro y vio que en una esquina, al final, agonizaba su paciente.

No consigo recordar su nombre, eso dijo el doctor y luego llevó la palma de su mano hasta tocar su frente, como si intentara acomodar su cara a la estructura de sus huesos.

Se acercó a la camilla y creyó que estaba vacía.

Así de delgada, dijo.

Así de insignificante.

A los pies de la cama estaba el informe, que él leyó con atención. Evaluó si requería otros medicamentos. Calculó la edad, siete años. Detestaba esos casos. Jamás entendió a los pediatras. Solo entonces alzó la vista y la vio.

La piel de la cara estaba tan pálida que era posible ver sus capilares.

Usó esa palabra, el señor. Dijo la palabra capilares y se palpó con las yemas de los dedos la piel flácida de sus ojeras, como si así pudiera tocar la piel de esa niña en el recuerdo.

Estaba muerta, eso dijo.

No había nada que hacer.

Se sirvió otro vaso de whisky y vi que la botella temblaba en su mano. En la mía el plato comenzaba a deslizarse por el sudor.

La mujer del hotel le tocó el muslo y arrastró su mano hacia arriba.

Ya pasó, le dijo y alcanzó el cierre de su pantalón.

Lo abrió, lo tocó y le dijo:

Yo me lo llevo, dale, yo me llevo tu secreto.

El señor volvió a hablar:

Cuando terminó, me subí el cierre y me puse de pie.

Noté su voz empantanada por el whisky y solo quise que se callara, romper ese plato en el suelo, ver las esquirlas de porcelana desperdigarse en la cocina.

No me contó el final de la historia, hablo del señor, del doctor, del buen padre de familia. Ignoro si se la contó a la mujer del hotel. Si acaso le dijo al supervisor que la niña estaba muerta, que él no pudo hacer nada. Tampoco entendí por qué se trataba de un secreto. Cuando se acabó el whisky en su vaso, se paró y dijo:

A veces sueño con esa niña. A veces veo sus ojos sin fondo en los ojos negros de la Julia. En la palidez de la Julia. En la desesperación de mi propia hija.

Se rellenó el vaso una última vez.

¿Tú qué ves?, eso me preguntó.

El señor me miraba con la cara a punto de desprenderse de su cráneo y me preguntaba qué veía. Qué veía su empleada en la cara desfigurada del patrón. También se lo había preguntado a la mujer del hotel. Tras contarle su secreto, le preguntó lo que veía. Y ella, con una voz impostada, dijo:

A un hombre sensual.

Él la detuvo. Le pidió que le dijera la verdad. La agarró con violencia por el brazo. Después de titubear, ella habló:

Pura cáscara, dijo.

En eso tenía razón.

Se quedó callada. El señor me dijo que vio el miedo brotar en sus ojos. Conozco bien el miedo, dijo, y le aclaró que no la tocaría.

Se recostó sobre la cama, repentinamente mareado. Le pareció que las paredes se resquebrajaban y que el aire se colmaba del olor rancio de ese viejo hospital. La mujer le preguntó qué le pasaba. Él pensó que estaba teniendo un ataque de pánico pero ese pensamiento solo lo aplastó con más fuerza contra la cama. Se le cerraron los pulmones. Comenzaron a temblarle las manos. Sintió que moriría. Ahí, en esa cama, en ese hotel de mala muerte, encontrarían su cadáver. Se giró hacia la mujer y con gran esfuerzo consiguió hablar. Le rogó que lo distrajera, que le contara una historia para olvidar la cara de esa niña, esos ojos fijos en los suyos, esos ojos negros ya apagados, los de su hija, su niña preciosa, enterrados en la cara de esa niña muerta.

Ella, primero, no supo qué decir. Después le contó que cursaba su último año de universidad. Que necesitaba pagar la deuda de los cinco años de carrera. Él la escuchó y le pidió que le contara algo que hubiera aprendido ese día. Es lo que le exigía cada noche a su hija linda, a su Julia que esa mañana seguía viva, dormida y viva sobre su cama.

La mujer se quedó callada.

Por favor, le rogó él.

Ella se puso de pie, se acomodó la falda, agarró su chaqueta y su cartera.

Lo que define a una tragedia, dijo la mujer, es que siempre sabemos el final. Desde el principio sabemos que Edipo ha matado a su padre, ha tenido sexo con su madre y que va a quedar ciego. Sin embargo, quién sabe por qué, seguimos leyendo. Seguimos viviendo como si no supiéramos cuál va a ser el final.

Sentí que se me agrietaba la garganta. El señor se agarraba la cabeza para que no rodara a sus pies.

Me pidió que le trajera más whisky, la botella estaba casi vacía. Saqué una nueva de la despensa, la acerqué a su vaso y vi cómo de la botella caía ese líquido dorado. Nunca ha tardado tanto en llenarse un vaso. Nunca el tiempo se estancó como esa mañana.

Y cuál es el final, eso le preguntó el señor a la mujer del hotel.

Ustedes, por supuesto, ya conocen el final. Hablo de ustedes, claro que sí, al otro lado del cristal, sentados como si fuera posible estar quietos frente a una historia como esta. No finjan que no me ven. No se hagan los desentendidos. Ustedes ya conocen el final, pero él lo ignoraba todavía.

Te robo la plata y me voy, responde ella.

El señor asiente.

Después te quedas ahí, acostado, y te ríes con unas carcajadas estruendosas que le devuelven el aire a tus pulmones.

El señor vuelve a asentir.

Ya recompuesto, te pones de pie, entras al baño, te mojas la cara y al verte, quiebras el espejo de un puñetazo. Te ves reflejado en el espejo roto, luego arrancas la puerta del botiquín y con el vértice más afilado de la madera quiebras en dos el lavatorio. La destrucción te tranquiliza. Tu fuerza te tranquiliza. Por un momento te sientes bien. Te sientes poderoso. No reparas en el corte que hay en tu muñeca hasta que llegas a tu casa, te sientas en la mesa de la cocina y le hablas a tu empleada sin parar. Después te emborrachas frente a ella, tomas todo lo que resiste tu cuerpo, y te vas a acostar sin curar la herida que ya mancha de rojo la tela blanca de tu camisa de buen doctor.

El señor se puso de pie y se tambaleó hacia el pasillo. Afuera había amanecido. La mancha roja se extendía desde su puño hasta su codo. No sería posible quitarla, por más que yo la remojara todo un día.

¿Entonces?, pregunta de nuevo.

Primero vomitas, te fuerzas a vomitar. Ya en la cama, pegas tu cuerpo al cuerpo de tu esposa. Pero no la tocas, no. No la vuelves a tocar nunca más.

Ese no puede ser el final, le dice él a la mujer que está a punto de salir de la pieza. Dijiste que se trataba de una tragedia.

Haz la pregunta, le contesta ella mientras le quita todas las tarjetas, todos los billetes, todos los documentos de su billetera.

Haz la pregunta, le repite, y sin esperar esa pregunta cierra la puerta a sus espaldas.

La pregunta no la sé. Tampoco él la repitió en la cocina. No creo que tenga importancia cuando ya sabemos la respuesta. El señor me miró fijo, apenas podía estar en pie. Sus ojos hundidos en sus propias lágrimas, el whisky recorriendo sus venas.

¿Sabes cuál es la tragedia, Estela?, eso fue lo último que dijo.

Desde el pasillo, a lo lejos, sonó la alarma del despertador. Eran las siete de la mañana.

Aquí empieza la tragedia.

El señor se quedó ese día en la cama. Le dijo a su esposa que tenía fiebre, que lo ahogaba la tos, y se encerró en su dormitorio a ver las noticias. A la hora de almuerzo me llamó y me pidió que le preparara un consomé. Hice lo imposible para no mirarlo, mis ojos clavados en la televisión. Una vendedora ambulante gritaba desde un carro de policía. Tengo ochenta años, decía. No me alcanza, hay que trabajar, no me boten la mercadería. El señor sostuvo la bandeja con fuerza cuando me acerqué. Me miró con recelo, eso entendí, temía por su secreto. Yo solté la bandeja, volví a la cocina y las horas transcurrieron nada más: lavar la loza, secar la loza, guardar la loza, empezar de nuevo.

Esa noche me acosté especialmente cansada pero no me pude dormir. Temía que el señor faltara otra vez al trabajo y se topara con la Yany en el lavadero. Además, me rondaban sus palabras, la tragedia, su secreto, pero me repetía: Estela, qué más puede pasar, sin saber que todo sucedería atropelladamente, que la vida se pausa largos años y luego se desquita en pocos días.

No dormía, apenas dormitaba, cuando oí el grito y una voz rasposa. Tardé en reconocer de quién era. Sonaba acobardada esa voz, pero finalmente la reconocí. La voz del señor decía:

Llévense todo. Todo.

No podía ser. Me quedé absolutamente quieta. Era de noche y los objetos estaban guardados en la oscuridad. También yo, también mi voz permanecía en la oscuridad y por eso estábamos a salvo. El señor repetía, lleno de miedo:

Todo. Llévense todo.

Más atrás, el llanto intermitente de la niña, el rotundo silencio de la señora y los dos hombres, porque eran dos, gritando fuera de sí.

Pasa la plata, culiao.

Dónde están las lucas, maraco culiao.

Los celulares, cuico culiao.

No había plata en esa casa. No más que lo que ellos, el señor y la señora, guardaban en sus billeteras.

Suelta las joyas, puta culiá.

Las tarjetas.

Los diamantes.

Para de llorar, pendeja de mierda.

Que te callí, pendeja culiá.

Gritona culiá.

Cuica culiá.

Te voy a culiar si no te callái.

Esperé a que se fueran, que las voces se alejaran, pero no sucedió. Oí que entraban a la cocina, hurgaban en los cajones, abrían las alacenas. Podía oír mi propia respiración, adentro, afuera. Un latido, otro. Hasta que la puerta de la pieza se deslizó y la luz de la cocina, toda, entró y chocó contra mi cara.

No me moví. Me hice la dormida, la muerta, tapada como estaba hasta el cuello. Entonces una mano me agarró del pelo y tiró con violencia. Me paré de la cama, confundida. No asustada, eso no, mi corazón aún latía lentamente, pero me espanté cuando vi la máscara que estaba frente a mí. Una máscara negra, sin nariz, sin boca, dos agujeros nada más, para esos ojos cansados.

El hombre temblaba incontiniblemente, los dientes le castañeaban dentro de esa máscara y pestañeaba rápido, como para despertarse a sí mismo de esa pesadilla. Me tiró el pelo de un lado a otro, fuera de sí. Oí los mechones desprenderse de mi cuero cabelludo. Después se acercó mucho a mi cara, como si dudara de lo que veía. Y vi la tristeza de esos ojos y en un susurro escuché su voz.

Dame la sed.

Eso dijo. O eso creo que dijo.

Estaba solo ahí dentro, solo conmigo, mientras el otro hombre rompía todos los platos, todos los vasos, todas las fuentes que yo tendría que barrer esmeradamente para que los pies del señor, de la señora, los delicados pies de la niña no se rajaran y se llenaran de llagas y sangre. Lo miré a los ojos, que eran lo único que contenía esa cara. Habló otra vez.

Dame la sed, repitió.

No sé por qué en ese momento recordé mi viaje a Santiago, el aire usado y tibio del bus y el chico que se subió en Temuco y no cerró los ojos en toda la noche. Unos ojos grandes y negros igualmente tristes y cansados. Mi mamá me había advertido que no me fuera de la isla, que me quedara en el campo, que era preferible la pobreza del sur, sería difícil, casi imposible, dejar de trabajar como empleada. Es una trampa, me dijo. Te quedas esperando un golpe de suerte, y te dices, en secreto: esta semana me voy, la próxima sin falta, el otro mes es el último. Y no se puede, Lita, eso me advirtió mi mamá. No se puede partir, no se puede decir basta, no se puede decir no, me cansé, señora, me duele la espalda, me voy. No es como trabajar en una tienda o cosechar las papas en el campo. Es un trabajo que no se nota, eso

dijo mi mamá. Y encima te acusan de robar, de comer demasiado, de lavar tu ropa junto a la suya en la misma lavadora. Y pese
a todo, Lita, ocurre lo inevitable. Te encariñas, ¿entiendes? Así
somos, hija, así somos las personas. Así que no te vayas, hazme
caso. Y si te vas, no te encariñes. No hay que querer a los que
mandan. Ellos solo se quieren entre sí.

Le prometí que volvería en unos meses con mucha plata.
Que le compraría una tele de pantalla plana, unas zapatillas re-
lucientes, dos vacas, tres corderos. Que ampliaría la casa, haría
otro baño, un invernadero. Ella negó con la cabeza mientras yo
hablaba sin parar. Me dijo porfiada, chúcara, y se rehusó a despedirme en la terminal. Me advirtió que no volviera. Que ni
siquiera la fuera a visitar.

El muchacho del bus también viajaba a Santiago. Sería guar-
dia de seguridad en un centro comercial. Nunca más trabajaría
en los aserraderos. Le daban pena los pinos y los inmensos robles
que él mismo talaba con su sierra. Dijo que volvería en un par de
años lleno de plata a Temuco y se iría a vivir a la montaña. Me
habló de un río que nacía únicamente en primavera y de los dos
caballos que serían suyos: Miti y Mota.

Yo miraba por la ventanilla y llevaba la cuenta de las animitas
que alumbraban la carretera. Al rato comenzó a amanecer y se
me secaron los labios por el aire reseco del norte. Él me ofreció
un trago de bebida y la mitad de su pan con mortadela. Yo,
aunque hambre no tenía, acepté, y le dije: Miti y Mota. Sonrió,
pero sus ojos siguieron igualmente serios. Cuando llegamos a
Santiago, se bajó apurado y desapareció en el espesor de una
muchedumbre y yo me di cuenta de que no le había preguntado
su nombre. Y en el mundo hay dos tipos de gente: gente con
nombre y gente sin nombre. Y solo la gente con nombre no
puede desaparecer.

Sentí una puntada en el cuello por los tirones del muchacho. Intenté enderezarme, que se detuviera. No lo conseguí. Vi que sobre el pasamontañas negro estaban grabados sus pómulos, la marcada curva de su mandíbula y el relieve de sus cejas. Quise con urgencia ver qué había debajo de esa máscara. Quién era ese muchacho. Qué quería de mí.

Sin pensarlo acerqué mi mano, toqué la tela y, debajo de la tela, esos huesos afilados. Él se quedó aturdido, manso, como si nadie lo hubiese tocado jamás. Después, desde el cuello, comencé a alzarle el pasamontañas. Era como arrancarle del cráneo una costra pegada a la piel.

Se la quité y la dejé caer junto a sus pies y los míos. Casi un niño, eso era. Un niño y sin embargo no era un verdadero niño. Un ser que no había pasado ni un segundo por la niñez.

Nos quedamos así un buen rato. Mi mano tocaba su cara tibia, mis dedos su mentón. Afuera, el estacazo de cristales contra el suelo me sobresaltó. El muchacho pareció despertar, me agarró con fuerza la muñeca, se acercó y dijo en mi oído:

Abre la boca.

Se me endurecieron las piernas y los brazos, se me acalambraron los dedos. Apreté los dientes, junté los labios. Qué quería ese hombre. Quién era ese hombre.

Abre la boca, mierda.

Sentí frío. Un frío que merecería otra palabra. El muchacho susurraba. Jamás me gritó. Me habló bajo, para él, para mí, como un secreto. Era de mi porte, me llegaba aquí, justo aquí, pero mucho más delgado. Y ese cuerpo insignificante, lleno de odio, lleno de pena, también temblaba. Todo entero tiritaba ese muchacho.

Ábrela, ábrela. Ábrela, mierda.

Al otro lado de la puerta, en la cocina, oí el llanto contenido de la niña y el silencio de la señora y del señor, que nada tenía que ver con mi silencio. Estaban mudos, ambos, acaso más tranquilos ahora que el blanco era la nana en su camisa de dormir, la nana tiesa, los ojos abiertos, la boca cerrada con fuerzas.

Hueona culiá.

Eso dijo el niño-hombre.

Y después:

Que la abras, mierda, o te meto un hoyo en el hocico.

Pensé que me iba a matar. Que muy pronto moriría. Y fue tan raro ese pensamiento. Esa idea, que el niño-hombre me metiera un balazo en la boca, me tranquilizó. Recordé a mi mamá, sus manos curtidas, su piel tan pulcra antes de acostarse, y pensé que en mi recuerdo ella estaba a salvo, siempre estaría a salvo, y que yo le haría compañía en el lugar lejano donde me esperaba.

Así que separé los labios. Abrí la boca. Y lo miré a los ojos, preparada para sentir el frío de la pistola y luego nada, nada, nada nunca más.

Lo miré serenamente. Él también me miró. Nuestros ojos se encontraron y sentí cómo caían las lágrimas a los costados de mi cara. El muchacho, entonces, se reclinó hacia atrás, hizo un gargajo y me lo escupió dentro de la boca.

Esclava de mierda.

Eso dijo.

Después salió de la pieza, agarró al otro tipo por el brazo y se fueron de la casa.

La policía llegó a las pocas horas. La niña descansaba en la cama de sus padres acurrucada como cuando era una criatura, mientras los demás conversaban de pie alrededor de la mesa del comedor.

Le tomaron una declaración al señor. No dijo que la noche anterior le habían robado las tarjetas ni que en su billetera había documentos con la dirección de la casa. Tampoco dijo que sabía quién podía estar detrás del asalto. No dijo mucho, pero la señora habló por los dos.

Cuando terminó yo temí que me forzaran a declarar. A decir que el niño-hombre tenía sus dientes delanteros separados o que sus comisuras se inclinaban hacia arriba, como si aún pudiera ser feliz. Nada de eso sucedió. Cuando llegó el que parecía ser mi turno y yo me preguntaba si podría hablar, si sería capaz de encontrar las palabras, me leyeron el relato de la señora. El policía más viejo me preguntó si era veraz esa declaración y sin esperar mi respuesta me extendió el papel para que lo firmara:

«Estela García, cuarenta años, soltera, trabajadora de casa particular. Declara no haber sufrido daños físicos durante el asalto. Suscribe conforme la declaración».

Enseguida, quién sabe por qué, metió una mota de algodón en mi boca y sacó de ahí mi saliva.

Una o dos semanas después apareció la pistola. Semanas en que el señor se obsesionó con lecciones de artes marciales, formas de matar con sus propias manos, técnicas de autodefensa. Endurecerse. Combatir. Defender lo que le pertenecía. Por suerte no se le ocurrió comprar un perro policial que desplazara a la Yany y optó por la simpleza de ese revólver. Para meterle una bala en el ojo a ese delincuente desgraciado. Para que nadie, nunca, le causara un miedo semejante al doctor, al señor de la casa que se había meado delante de su hija, delante de su esposa, delante de la nana.

Yo estaba haciendo limpieza profunda. Sacudir alfombras. Lavar cortinas. Reemplazar la ropa de estación. De un armario al otro. De un cajón al otro. La Yany dormía en el lavadero después de tomar su agua y comer su pan. Había olisqueado la cocina cuando entró a saludarme, cada rincón, cada mueble, como si esos hombres siguieran ahí. La niña estaba en el colegio. El señor y la señora en sus trabajos. Mi mamá seguía muerta. En la televisión de la pieza principal unos pescadores se declaraban en huelga. Ya no encontraban tollo ni corvina. Querían que se fueran los barcos de arrastre. No dejan nada, decía uno, hasta matan a las ballenas. Yo vi una ballena una vez, su aleta negra en el agua. Pensé que era un trozo de neumático, pero mi mamá me dijo que esperara. Nada es lo que parece, Lita, eso fue lo que dijo. Entonces, de pronto, la ballena saltó.

Cuando terminaba de vaciar el closet, otra vez ida en mi recuerdo, noté, al fondo de un cajón, algo que no había visto. Pensé que se trataba de un calcetín huacho, pero la tela era resbaladiza. Arrastré el objeto hacia mí, desanudé el pañuelo que lo envolvía y vi que mi mano derecha sostenía una pistola. ¿Han tenido en sus manos una pistola alguna vez? Pesa al punto de doblegar la muñeca, de doblegar el brazo, toda la habitación doblegada para equilibrar el peso de ese objeto.

Me pareció confusa la imagen, no sé si logro explicarme: mi mano resquebrajada en los nudillos, gastada por el trabajo, sostenía un revolver sólido, indudablemente real. Apoyé el dedo en el gatillo, estiré mi brazo y apunté hacia el closet. Ahí estaba la chaqueta azul del señor, sus trajes negros y elegantes, sus camisas blancas, celestes, grises, rosadas, su delantal de buen doctor, y ese vestido, el negro, el que la señora nunca usó porque se veía vulgar o porque su empleada se lo había probado. Rocé toda esa ropa y me pareció que sentía su textura en la punta de mis dedos. Y sin pensarlo, acerqué la boca del arma hasta mi sien.

El reborde frío del metal me descolocó pero lo que verdaderamente me aterró fue que de la boca del arma brotara vapor, como si ya hubiese sido disparada y mi cadáver yaciera en el suelo de la pieza principal. No me pregunté si estaba cargada. Supuse que sí. El arma contenía cinco balas y bastaba un espasmo de mi dedo para que una de ellas atravesara mi cráneo. La yema de mi dedo presionó un poco. Sentí frío y calor. Calor y frío al mismo tiempo.

Es curioso que todos vayamos a morir, ¿no les parece? Todos, también ustedes. De eso no hay duda alguna. La respuesta es la misma, una y otra vez. Si alzan la vista y miran a su madre, a su padre, a su perro, a su gato, a su hija, a su hijo, al chincol, al zorzal, a su marido, a su esposa, la respuesta es siempre la misma: sí, sí, sí. Solo hay dos preguntas sin responder: cómo y cuándo. Y esa pistola las contestaba con absoluta certeza.

El arma le pertenecía al señor, al miedo del señor. Yo vi el temor en sus ojos la noche del asalto. Tal vez por eso me detestaba. Porque su empleada, a esas alturas, había visto demasiado. Lo vio culiar con su mujer, lo vio desnudo en su pieza, le vio el terror a la muerte. Y él temía más que su esposa. Más que su hija. Y muchísimo más que su empleada doméstica.

Guardé la pistola en el pañuelo y cuando la iba a devolver al lugar donde debió permanecer escondida, me arrepentí. Y me la llevé, así es. Me llevé la pistola a la pieza de atrás y la guardé debajo del colchón. Por si un día, una tarde, me daba por responder a esas dos preguntas: Cómo. Cuándo.

Los de la alarma llegaron esa misma semana. La niña había vuelto a orinarse en su cama y para que volviera a sentirse segura, la verdadera dueña de esa casa, contrataron a una empresa de seguridad. La señora dijo:

Estela, les abres la puerta.

Y después:

Los vigilas, ¿oíste? No les quitas los ojos de encima.

No fue necesario contestar. Tal vez ya nunca lo sería. Me lo había advertido mi mamá: es una trampa, Lita. Pero mi mamá estaba muerta. Mi mamá continúa muerta. Y esa sí es una trampa de la que no hay salida.

Se bajaron de una camioneta con dos cajas de herramientas y un alambre de púas que desenrollaron alrededor del cerco de la casa. No vi cuándo ni dónde lo conectaron a la electricidad. La señora y la niña estaban en el supermercado, el señor en una reunión y yo me senté en la mesa de la cocina a cortar repollo y rallar zanahorias.

Una vez que fijaron el alambre, tocaron a la puerta. Adentro, instalaron sensores en el cielo del living, focos automáticos que iluminarían el jardín y una cámara hacia el exterior. Me dijeron que firmara al pie de un papel y yo firmé. Uno de ellos era muy alto y ligeramente jorobado. Mientras yo escribía mi nombre, dijo:

Si alguien se trepa por la pandereta, va a quedar frito como un huevo.

Enseguida exhibió unos dientes sarrosos y vi que tenía las comisuras inclinadas hacia abajo.

Por la noche, la señora probó todo el mecanismo de la casa. Dijo que la clave de la alarma sería dos dos dos dos. Me enseñó a montarla, a desmontarla y luego me pidió que rebanara unos bistecs.

Gruesitos, dijo, para que conserven el jugo.

Clavé la punta del cuchillo en el plástico que envolvía la carne y el tufo metálico de la sangre se esparció por la cocina. Entonces, una mosca aterrizó sobre mi mano. No crean que me estoy yendo por las ramas. Esa mosca es importante.

La ignoré todo lo que pude. Apoyé el trozo de lomo sobre la tabla de cortar. El filo atravesó la grasa, los nervios, hasta toparse con la dureza de la madera. Me distrajeron esas cicatrices sobre la tabla y me pregunté si sería posible ignorar esos tajos. Tomates. Pollo. Pimentón. Cebolla. Un corte sobre otro corte sobre otro corte sobre otro corte. Mensajes de las que vinieron antes que yo. Advertencias para quien me siguiera.

Dejé las porciones sobre un plato. Estaba por aderezarlas con sal y pimienta cuando constaté que no había sal. No quedaba sal en el salero, no había sal en el pocillo donde habitualmente se guardaba la sal, tampoco quedaba en la despensa. Todo un kilo de sal se había gastado, ¿entienden lo que quiero decir? ¿Saben cuánto tiempo cabe en un kilo de sal? Semanas y semanas en que mi mamá seguía muerta y yo esparcía sal en sus ensaladas, sal en sus huevos revueltos, sal en su salmón a la mantequilla. Se había acabado otro kilo de sal y yo seguía en esa casa.

Tragué saliva, descompuesta. La mosca descansaba sobre un cacho de grasa. Tenía la cabeza tornasolada y restregaba sus patas negras y torcidas. Agité mi mano para espantarla, pero volvió a su lugar. Sacudí mi mano otra vez, se alzó en un vuelo ruidoso y cuando pensé que se había ido se precipitó directamente hacia mis ojos. Los cerré, agité mis manos pero la mosca intentaba entrar por mi oído. Por ambos oídos. Era más de una: un enjambre de moscas asediaba mi cara. Sentí sus alas contra mis párpados, sus patas frotándose en mis tímpanos. Retrocedí desesperada. Un paso, dos.

No sé con qué me tropecé. Sentí el golpe en mi nuca y algo tibio en la palma de mi mano. Abrí los ojos. Estaba en el suelo de la cocina. La mosca frotaba sus patas obsesivamente sobre mi rodilla y mi mano empuñaba el filo tibio y rojo del cuchillo.

Intenté incorporarme pero no pude. Sentí un mareo y un asco en el fondo de mi boca. Había sangre en mi mano, un tajo en mi palma, una mosca en mi rodilla, un escupitajo en mi boca, una madre enterrada. Todo giraba a mi alrededor. Entonces oí ese ruido:

Clac.

Clac.

Clac.

No sé si ellos lo habrán escuchado. Probablemente no. A lo mejor mi silencio también había aguzado mi oído. Respiré hondo varias veces hasta que conseguí recobrar la calma. Me paré, lavé mi mano, limpié la herida y la sangre del filo del cuchillo. Cociné los bistecs. Aliñé la ensalada. No contesté cuando dijeron que la comida estaba desabrida, solo podía pensar en ese sonido:

Clac.

Clac.

Clac.

Como una bomba de tiempo.

La niña, esos últimos días, estuvo especialmente inquieta. La señora no quiso que fuera a clases la semana del asalto. Le parecía prudente esperar, pero el señor la convenció. Era importante retomar la rutina. No quedar rezagada. Normalizar. Avanzar. Él mismo la llevó al colegio pero a las dos horas la niña estaba de vuelta con cólicos y un sarpullido.

Le permití que se quedara en la cocina. Prendí el televisor aunque la señora le tenía prohibido ver televisión antes de hacer sus tareas. Transmitían un programa sobre animales. Elefantes que año tras año peregrinaban a la misma gruta donde lamían los minerales de las paredes y luego se echaban a morir. La Yany, mientras tanto, dormía la siesta bajo el dintel de la puerta del lavadero. La niña pareció alegrarse al verla, su impulso fue ir a acariciarla, pero seguramente recordó las marcas en su pantorrilla, y no se acercó. Sé que fue un error que la niña la viera, pero no tuve corazón para echar a la perra. El elefante más viejo, mientras tanto, se distanciaba de la manada, se desviaba por un sendero de bambúes y se echaba bajo un cielo negro a esperar su muerte.

La niña desvió la vista de la pantalla y me preguntó por qué yo no había tenido miedo.

No contesté.

Los demás elefantes seguían su rumbo, sin volverse hacia atrás. Caminaban algo más despacio, con un poco de pena o indecisión, pero indudablemente hacia delante.

Yo te vi, dijo. Le sacaste la máscara, nana.

Me acerqué a la niña, me acuclillé a su lado y le acaricié la cabeza. Su trenza no era más que un tejido deshilachado.

¿Cómo tenía la cara?

Quise recordar esa cara pero no fui capaz. Solo pude ver la de mi mamá, los labios apenas rosados, unos ojos llenos de blandura, sus dientes redondeados, imperfectos.

La niña volvió a preguntar por qué yo no había tenido miedo.

Mi papá se hizo pipí, dijo. Se hizo pipí en sus pantalones, yo lo vi.

Le solté la trenza francesa y comencé de nuevo, desde la cima, mechón por mechón. Cuando terminé, le besé la frente y me pregunté si acaso la extrañaría. Si cuando me fuera echaría de menos esas preguntas impertinentes.

¿Por qué no hablas, nana?

Claro que la extrañaría. Como se extraña la costumbre hasta que una nueva costumbre la desplaza.

Le preparé un batido de leche con plátano y una tostada con mermelada, pero no los tocó. Dijo que no tenía hambre, que no quería comer nunca más. La vi demacrada y ojerosa, la mirada opaca, sin ilusión. Quise recordar en qué momento su cara se había transformado. Se veía cansada o rendida. Como si ya hubiese vivido lo suficiente.

La leche se puso negra y la señora, cuando volvió del trabajo, la tiró por el desagüe. Se quedó allí un momento, mirando la fibra estancada en los agujeros, como si dentro se hallara la respuesta a los problemas de su hija, el camino para sacarla de ese callejón.

Al rato encendió la televisión y se preparó un plato de lechuga con semillas. Berros y semillas. Achicoria y semillas. Empezaba un extra en las noticias. Calles cortadas. Barricadas. Cientos de rostros encapuchados. Saqueos. Incendios.

Alcé la vista. Había protestas en Santiago, Antofagasta, Valparaíso, Osorno, Puerto Montt, Punta Arenas. La pantalla dividida en seis recuadros, cada uno idéntico al anterior salvo uno donde un periodista interrogaba a una mujer de ojos fatigados:

Nos quieren mansitos, dijo ella mirando fijo a la cámara.

La señora se quedó viendo las noticias mientras comía de pie. Terminó la ensalada sin apuro, carraspeó, frunció el ceño y agitó la cabeza de izquierda a derecha mientras en la televisión un grupo de gente arrastraba unos neumáticos para cortar la avenida.

El señor se acercó para ver lo que pasaba en las calles. Estaban preocupados, lo supe después. En los alrededores de la maderera también había habido protestas. Incluso los funcionarios de la clínica se habían unido a las marchas. Descontento, dijeron. Los escuché discutir frente a la televisión: el patrón, la patrona, el fuego ardiendo en la pantalla, las caras cubiertas por capuchas. Al no tener cara todos esos cuerpos parecían compartir una misma cara. Eso pensé o eso creo que alcancé a pensar, porque la señora apagó la televisión algo molesta, algo irritada, aunque yo supe que lo que había por debajo de todo eso era miedo.

En cuanto salieron de la cocina volví a sentir ese ruido afuera: clac, clac, clac, pero no le di mayor importancia. La niña comenzó otra de sus pataletas. Gritaba y lloraba en el pasillo, pero pronto se cansó. La señora contempló ese cansancio, a esa niña pálida, sin energía, siempre al borde del llanto, y fue a hablar con su marido.

No es normal, dijo.

Él agitó la mano. Hablaba por teléfono.

Solo pasaron una tarde o dos. O quién sabe realmente.

Yo estaba en el lavadero, separando el blanco del color: las blancas toallas, los calzones blancos, las blancas camisetas. Era lunes, anoten eso. Lo sé porque cada lunes se cambiaban todas las sábanas de la casa. Qué digo... se cambiaban. El lunes *yo* cambiaba las sábanas, las arrancaba de las camas, las tiraba al interior de la lavadora y las veía sumergirse por el peso del agua. Un peso apabullante, ¿lo han pensado? Un peso que puede ser fatal. Incluso para una persona entrenada y fuerte. Una persona que sabe nadar. Yo no sé nadar, ¿eso también lo anotaron? Y sin embargo me zambullí cuando vi a la Julia flotando en el agua.

El sol brillaba alto, anaranjado, así que decidí no usar la secadora y colgar las sábanas en el cordel. Esas sábanas tan pesadas que pronto flamearían en el lavadero. La Yany roncaba acurrucada a un costado de la lavadora. Serena. Confiada. Lejos de la realidad. La niña veía televisión a todo volumen en la cocina. Sus padres estaban en el trabajo. Era un día tranquilo, normal.

Ya terminaba de colgar las telas cuando la niña se acercó al lavadero y me preguntó por qué había que celebrar su cumpleaños. Faltaba poco y su madre le había prometido una fiesta de disfraces. Ya tenía el vestido. Los niños se vestirían como superhéroes, sus caras irreconocibles bajo las máscaras de monstruos y animales. Quiso saber cómo sabíamos que no llegarían los hombres malos. Después se quedó callada, como si pensara algo importante, y me preguntó por qué ese hombre, el de la máscara, odiaba tanto a su papá, por qué odiaba a su mamá.

¿A mí también me odia, nana?

Eso quiso saber. Yo seguía estirando las sábanas para que no se arrugaran. Cuando quedaba algún doblez ni siquiera la plancha lo borraba. Era importante colgar la tela lo más estirada posible. La niña se desesperó cuando no le contesté. Se puso a gritar, a chillar, a golpearme las piernas. Tenía hambre, tenía sueño, tenía pánico, esa niña. Quería saber por qué había que celebrar si ella ya no quería cumplir más años. Por qué tendría que usar ese vestido blanco de princesa.

Tenía la cara desajustada, fuera de sí misma. Y me pregunté en qué momento esa niña se había colmado de desesperación.

Por qué las máscaras, nana.

Por qué. Por qué.

Por qué no me hablas, dijo.

Dime algo, ordenó.

Di algo o te acuso, nana.

Esa era una advertencia. La miré a los ojos y creí que podía ver a través de ella: su miedo, su ansiedad, su infinita arrogancia. Podría haberle contestado: cabra de mierda, malcriada, chiquilla grosera, una frase que la pusiera en su lugar. Mi voz, sin embargo, ya estaba demasiado lejos.

La Yany alzó la cabeza ante las amenazas de la niña y se puso alerta, de pie.

Te voy a acusar, dijo y corrió adentro de la casa.

La Yany volvió a desplomarse sobre sus patas traseras, apoyó su cabeza en el piso y cerró los ojos. Me pareció que había envejecido y me dije: como tú. Tú también has envejecido. Y luego, muy claramente, supe que debía irme cuanto antes. Mi mamá ya no necesitaba el dinero. Podía llevarme a la perra conmigo. A esa quiltra mansa que dormitaba mientras la sombra de las sábanas le acariciaba el pelaje opaco, de animal cansado.

Supongo que esa idea me llevó lejos y que por eso no la oí entrar. No escuché el auto, ni las llaves, ni los tacos atravesando la cocina. Solo esa exclamación y luego mi nombre, rodeado de espinas.

Estela.

Eso dijo la señora frente a esa quiltra desconocida, esa perra insolente, ordinaria, potencialmente peligrosa, que se paró de un salto en sus cuatro patas y exhibió sus colmillos de perra vieja.

Qué es esto, cómo se te ocurre, dijo fuera de sí y vi cómo se erizaba el lomo de la Yany, cómo sus ojos se colmaban de miedo.

La niña estaba junto a su madre con una mueca dibujada en la boca. Un gesto entre rabioso y vengativo, que la volvió adulta por un instante. Ella y su madre me miraban con idéntica expresión y vi que sus comisuras, las de ambas, habían comenzado a apuntar hacia abajo.

La Yany retrocedió y se arrimó a la pared del lavadero. Recuerdo que me miró descolocada, como si yo hubiese roto una promesa. La señora, mientras tanto, la iba arrinconando con su cuerpo. Aplaudía, abría los brazos y gritaba:

Fuera, perro, fuera.

Correteaba a la Yany hacia la salida, lejos de su propiedad, lejos de su hija.

La perra desanduvo sus pasos con las costillas pegadas a la pared y atravesó el pasadizo que unía el lavadero y el antejardín. Detrás iba la señora, la niña y también yo.

Ya en el jardín delantero, a pocos metros de la reja, la Yany se detuvo. Yo no supe qué hacer, cómo explicarle a la Yany que esa no era mi casa, no era mi decisión. Estaba inmóvil, la perra, casi al lado de la reja pero demasiado asustada para moverse y escapar de ahí.

La señora se desesperó, gritó:

Estela, encárgate.

Y después:

Sale de acá, perro, afuera, afuera.

La Yany seguía pasmada, totalmente inmóvil. La niña, ante los gritos, comenzó a sollozar. La señora batía sus brazos fuera de sí, hasta que de golpe los dejó quietos. Miró la manguera, a la perra y se decidió.

Apuntó al pecho de la Yany y abrió la llave al máximo. Empapada, así quedó la perra, y comenzó a ladrar. Fue un ladrido triste, desesperado, que me rompió el corazón, pero eso no frenó a la señora. Le tiró el chorro de agua directamente a los ojos, y la perra, entreabriendo los párpados, estilando, sin saber qué hacer, finalmente se rindió y se escabulló entre las barras de la reja.

En ese instante se pausó el tiempo. Registren eso en sus papeles. Que el tiempo se estancó o a lo mejor yo me quedé fuera de un tiempo que seguía su curso sin mí. Porque cuando la Yany estaba a punto de salir de la casa, con medio cuerpo fuera y medio dentro, la cola en el jardín y la cabeza en la vereda, todas oímos, la señora, la niña y yo, ese golpe seco, clac, como un latigazo. Vino del cerco electrificado, de los cables de alta tensión, de los alambres de púa que coronaban los muros de la casa. Y junto con el ruido saltaron chispas blancas, rojas y amarillas.

La luz parpadeó en toda la cuadra y después se cortó. La calle se quedó en penumbras, también la casa. Me sorprendió el silencio, ya sin ese ruido, sin el clac que llevaba escuchando hacía días. A los pocos segundos, volvió la luz. Sonaron las alarmas de todas las casas. Todos los demás perros aullaron ante ese ruido agudo y terrible.

Me llevé la mano a la boca, como si una palabra quisiera salir y yo la atajara en el borde. Me desplomé de rodillas junto a la Yany, ahora desvanecida en el suelo, con su cabeza apoyada en la vereda y el resto del cuerpo en el antejardín. La toqué, toqué su panza, y sentí que respiraba. Seguía tibia, viva. Había sobrevivido.

La niña comenzó a llorar a gritos. La señora también gritó:

No la toques, Estela, te puedes electrocutar.

Su voz sonó remota, como si estuviera al fondo del agua. Yo me incliné hacia delante, alcancé su cabeza entre los barrotes y con mis dos manos la alcé para mirarle los ojos. Ya no era ella. La Yany ya no habitaba esos ojos y en su lugar había una súplica, un ruego desesperado. Agonizaba. Su respiración se había vuelto pesada. Mi perra a punto de morir. La niña no dejaba de llorar. La señora le gritaba que se fuera para adentro, que no viera eso, no. Pero la niña, esa niña, tenía que ver.

Le besé la cabeza grandota y quise que se muriera en ese instante. Ya basta, eso pensé, basta ya, basta ya, pero mi pensamiento no fue capaz de ponerle fin a ese dolor.

Me puse de pie, miré a la señora y caminé decidida hacia la casa..., qué digo, qué digo. Tachen eso, por favor.

Fue como si mi cuerpo se moviera solo, mi cuerpo sin mí, porque yo, en ningún momento, dejé de estar junto a la Yany, nunca paré de acariciarla, jamás la abandoné, pero esa mujer, la que fui yo en ese pasado, se irguió, entró a la pieza de atrás y su mano buscó el arma bajo el colchón.

Volví a la reja con esa pistola que ya no me pareció tan pesada, ya no tan sólida sino perfecta, y sí, claro que sí, pensé en matarla. Meterle un balazo en el corazón a la señora y que muriera en su jardín, con su pistola, asesinada por su empleada ante los ojos de su única hija.

Me paré al lado de la Yany y vi que su vientre se estremecía. Por última vez la miré, pestañeé muy lento y, sin dudarlo, apunté entre sus orejas, destrabé la pistola y le metí un balazo en su cabecita suave, de perra mansa, para siempre buena.

La sangre salpicó mi delantal y el ruido espantó a una bandada de tordos. Y ese ruido, ese estruendo, me estremeció. Como si, de golpe, acabara de despertar.

Ahora, amigos míos, quisiera que me presten toda su atención. Creo que ya he hablado lo suficiente como para llamarlos como yo quiera. Si están ahí, al otro lado, dejen lo que sea que estén haciendo. Sé que he tardado bastante, sé que en ocasiones parecía que los conducía de desvío en desvío, pero qué le vamos a hacer. Sin desvíos es imposible reconocer el camino principal.

A veces los hechos se presentan de un modo confuso. Es culpa de las palabras, ¿saben? Las palabras se desprenden de los hechos y no es posible nombrarlos otra vez. Es lo que me ocurrió en esa casa; tanto silencio causó el derrumbe. Los pensamientos más simples se desintegraron, las acciones cotidianas se desvanecieron: cómo tragar sin atorarse, cómo expulsar el aire de los pulmones, cómo llamar al siguiente latido. Cuando eso ocurre es muy difícil entender la realidad. No hay palabras, ¿me siguen? Y sin palabras no hay un orden, no hay presente ni pasado. No es posible, por ejemplo, preguntar si los objetos nos ven: si los sauces, si los cactus, si los cardenales nos miran o solo nosotros los miramos y les imponemos esos nombres: sauce, cactus, cardenal. Y si desaparecen cuando no hablamos o si el mundo sigue su curso, intacto y mudo.

No sé si me entenderán. Sé que es difícil, tal vez confuso, pero piensen en el sol. Con frecuencia me cuesta entenderlo, cuál es su propósito, su motivo, por qué empecinarse de esa manera, que insista de ese modo, el sol, cada día, cada mañana, el sol, el sol, el sol. El pensamiento del sol me enloquece. Aunque se cubra el cielo con nubes. Aunque sea de noche y desaparezca, el sol sigue siendo verdad. Una verdad disparatada. Una verdad más allá de mis ojos y más allá de las palabras. Y ustedes, amigos... Cómo entenderlos a ustedes. Si acaso también son como el sol o desaparecerán cuando me calle. Y qué piensan sobre sí mismos cuando no están aquí, cuando se rasuran las mejillas frente al espejo o se abotonan sus camisas. O cuando se cubren con maquillaje y se pintan los labios para aparentar. Quiénes son. Cómo se visten. Cómo es el timbre de sus voces. Quién es capaz de apostarse tras un muro y juzgar sin exhibir sus propios ojos.

Los hechos se presentaron sin advertencia, entiendan eso de una vez. Y sin advertencia es muy difícil, es casi imposible resistirlos.

La niña intentó tragarse el llanto pero no lo consiguió.

¿Está muerta?, preguntó con la cara empapada.

La señora asintió y dijo:

Sí.

La niña observó el arma, mi mano, la sangre, la perra. Ese fue el momento en que nació la idea. No tengo dudas. Una idea oscura que anidó al fondo, en la mente fértil de esa niña.

La señora me arrancó el arma de la mano y no sé cómo la descargó. Cuatro balas cayeron sobre el pasto recién cortado. La quinta estaba ahora dentro del cuerpo blando y quieto de la Yany. Alzó a la niña en sus brazos y cuando estaba por entrar a la casa, se giró y dijo:

Encárgate del animal.

Y después:

Voy a llamar para que se la lleven.

La observé por un segundo que fue mucho más lento que un segundo. La Yany no se movía. No respiraba. No ladraba. No gruñía. Vivo-muerto. Eso fue lo que pensé. En la línea que separa esas palabras, poco menos que un parpadeo. La Yany viva-la Yany muerta. Mi mamá viva-mi mamá muerta. La muerte, pensé, era volverse puro pasado. Era no enfermarse nunca más. Era simple, rápida. No era terrible, ¿entienden? Jamás lo había sido. Lo terrible, lo espantoso, era morir.

Busqué una bolsa de basura en la despensa y regresé al antejardín. Me arrodillé al lado de la Yany y la metí dentro. Me pareció increíblemente pesada y por eso la arrastré hasta el lavadero. La dejé en el suelo, tirada a un costado de la tabla de planchar. A la mañana siguiente vendría alguien. Un hombre con guantes que alzaría su cuerpo y se la llevaría en una camioneta. Pensé en el cuerpo incendiado, en el olor, en las llamas. Sentí náuseas en ese momento. Ahora las vuelvo a sentir.

No sé por qué me quedé esperando a que llegara la policía. Tal vez algún vecino la llamaría, pero la policía no llega por una quiltra muerta. Salí de la cocina y me encerré en la pieza de atrás. Y mientras me lavaba las manos en el baño, mientras refregaba mis uñas, mis cutículas, cada dedo, cada hendedura, hasta dejarlas limpias, impecables, la señora se asomó por última vez. Y desde el dintel de esa puerta de vidrio, de su puerta de vidrio que estaba en su casa, en su barrio, en su país, en su planeta, habló y habló y habló.

Estás loca, eso dijo.

Yo no contesté.

Te volviste loca, Estela, cómo se te ocurre.

No recuerdo qué más dijo. Sí que detrás suyo, en la televisión, transmitían las protestas en el centro, las barricadas en Valparaíso y también las marchas multitudinarias en el puente de Ancud. Allá, lejos, estaba el canal que llevaba a la isla. Y al interior de la isla, en el medio del campo, la casa de mi mamá. Allá y no en Santiago es donde debía estar yo.

La niña le había contado todo a la señora. Que la perra venía hacía meses. Que se llamaba Yany. Que semanas atrás la había mordido en la pantorrilla. Le habló de la rata gorda y rosada. De la sangre fluyendo por su pierna herida. Le dijo que la nana la había obligado a limpiar el piso de la cocina. Que le había hecho prometer que guardaría el secreto. Que le había puesto un algodón con alcohol. La señora debe haber visto esas dos cicatrices sin dar crédito a sus ojos. Luego fueron gritos, nada más. Después se calmó. Finalmente, me dijo que me pagaría un mes adicional pero que me fuera cuanto antes, no quería verme nunca más.

A primera hora te vas, eso dijo la señora Mara López.

Cuando se cansó, unas horas después, fue el turno del señor.

Entró a la cocina y sin mirarme, desde el otro lado de la puerta, dijo que había dejado el cheque sobre el mesón.

Hay un límite, dijo.

Había un límite para todo.

El cheque se quedó allá, revísenlo, a ustedes les hablo. Un cheque por un mes para que yo, en exactamente treinta días, encontrara otro trabajo y limpiara las costras de caca en otro baño, de otra casa, de otra buena familia.

Eran las tres de la mañana cuando desperté. O a lo mejor ya estaba despierta y tampoco esa noche dormí. Me incorporé, me senté en la cama y tuve el siguiente pensamiento: han pasado siete años, siete navidades, siete fiestas de Año Nuevo. Fuiste siete años más joven, tus manos menos ásperas, menos áspera tu voz.

Iluminada por la luz del velador, busqué esta misma falda negra, esta blusa blanca y estas zapatillas de suelas gastadas. Me solté el pelo y lo cepillé. Las puntas casi me rozaron la cintura y ese contacto me extrañó. Como si hubiese una desconocida al interior de esa pieza. Esa otra mujer, siete años más joven, la que había visto los delantales y su falso botón en su primer día de trabajo: lunes, martes, miércoles, jueves, viernes, sábado.

Atravesé el antejardín y salí a la calle. Las ramas de los liquidámbares rozaban el alumbrado y creaban sombras que parecían parpadear a ras de suelo. Me pareció extraño haber vivido tanto tiempo en esa casa y desconocer esas sombras, sus formas sobre el asfalto. En el sur distinguía a ojos cerrados el zumbido de cada insecto, los pasos del jote sobre el techo y la sombra de los árboles en la noche, cuando había luna llena. Era la primera vez que caminaba a esa hora en esa calle. Y la última, eso pensé, y seguí calle abajo.

No creí que me encontraría con el Carlos, no salí a buscarlo. Solo necesitaba despejarme, tomar aire, pensar. O tal vez morirme, ¿saben? Que un auto perdiera el control y se estrellara de frente contra mis piernas. Un golpe certero, fatal, que me permitiera sellar el trío de muertes: mi mamá, la Yany y yo, el final perfecto para esta historia. Pero no había un solo auto en el camino y el Carlos sí estaba ahí. Se balanceaba sobre una silla frente al minimarket, la noche avanzaba limpia y despejada, como si nada malo hubiera pasado, como si nada más pudiera pasar. Vi que la brasa rojiza de su cigarrillo alumbraba los contornos de su boca. Se me quedó grabada esa imagen: hombre con boca, hombre sin boca. Y quién sabe por qué fui decidida a su encuentro.

No me vio cuando me desvié de la vereda, ni cuando crucé por la bencinera esquivando las mangueras de goma y los bidones vacíos. Ni siquiera me vio cuando estaba a un paso de su silla y por un segundo dudé. Tal vez no estaba realmente allí. A lo mejor un auto sí me había atropellado o yo seguía en la pieza de atrás, intentando dormir, y todo era una pesadilla de la que nunca despertaría.

Siempre me gustó el olor de la bencina, no sé si ya se los mencioné. Cómo se trepa hasta la frente y se queda ahí, inflamado. Sentí ese aroma y de inmediato una sed enloquecedora. Una sed como la que tengo desde que me encerraron en este lugar. Nadie, nunca, debería sentir una sed como esta. Tampoco ustedes, tampoco yo. Tanta sed que quise meter la punta de una manguera al interior de mi boca, apretar el gatillo y que la bencina fluyera por mi garganta.

A solo un paso del Carlos, cuando casi estaba frente a él, se sobresaltó. Vi el miedo crisparse en sus ojos y sentí alivio de que me viera.

Qué pasó, dijo y se paró de un salto.

Era apenas más alto que yo. De lejos, cuando caminaba al supermercado, se veía corpulento pero era delgado y menudo, con ese overol de medio hombre. Con esa mancha de grasa en el medio del pecho. Qué tipo de persona se refriega la mugre sobre el corazón. Qué tipo de hombre, eso pensé, mientras lo miraba de arriba abajo.

Cuando se calmó, largó una sonrisa y volvió a hablar.

¿Estás bien?, dijo con una voz llena de ternura.

¿Te hicieron algo? ¿La Daisy está bien?

No pude recordar la última vez que había escuchado mi propia voz. Quién me había preguntado cómo estaba, cómo me sentía. Al otro lado del teléfono, mi mamá me hacía sin falta esa pregunta. ¿Cómo estás, potranquita? ¿Por qué no te vienes, cabra chúcara? No supe cómo responderle. Si acaso me habían hecho algo. Cuándo, qué.

Las luces de la calle proyectaban un brillo tenue y sucio. Hacía calor, esa noche. La cara del Carlos brillaba. Vi su expresión seria, algo cansada, de alguien que ha trabajado de más. Tenía unas canas, las primeras, en su patilla derecha. Unas canas precoces para un cansancio también precoz. Me acerqué y las toqué, convencida de que él no podría sentir nada. Sé que es extraño lo que digo, pero fue lo que pensé: que mi silencio había desvanecido también mi piel y él no podría verme, no podría sentirme.

Enseguida noté que sudaba y me extrañó la humedad en las yemas de mis dedos. Me pregunté si también yo sudaría, si su cuerpo me daría calor. El Carlos no esperó mi respuesta. Cómo podía saber si yo estaba bien, si estaba bien la Yany.

Acercó su cara a la mía y pude sentir su respiración. Tabaco, hambre, un vaho lejano de alcohol.

Estela, eso dijo.

Me gustó escuchar mi nombre en su voz, oírlo salir de su boca. Dio otro paso para estar más cerca, me sostuvo el mentón y me miró de frente. Mi pecho quedó contra la mancha oscura de su overol. Tenía unos ojos grandes, el Carlos, colmados de ilusión y yo, quién sabe por qué, sentí el deseo de cerrar los míos.

Apoyó su cuerpo contra el mío y su mano me alzó la falda de un tirón. Oí cómo se descosía a un costado. Aquí, ¿la ven? No quería arruinar esta falda, pero el Carlos la rajó justo aquí. Una rajadura que yo tendría que remendar. Con la aguja y el hilo zurcir pacientemente esta falda.

Me la subió ya toda rota hasta la cintura. Y desde la cintura hacia los tobillos me bajó los calzones de un tirón. Oí cómo descendía el cierre de su overol y sentí su pecho pegarse a mi pecho. Tenía el cuerpo firme, tibio, y ese contacto me gustó. El sudor se soltó de mi frente. Sentí más sed, más calor. El Carlos separó mis piernas con sus piernas y se me metió adentro de una vez. Se agitó contra mí. Sentí cómo respirábamos los dos. Cómo gruñó en mi oído. Un gruñido manso, sereno, que no sé por qué me entristeció.

Cuando terminó, me giré y me subí los calzones. Era de noche todavía. Esa noche interminable. Él quiso abrazarme, que me quedara un rato más.

Cuál es el apuro, dijo mientras yo me acomodaba la ropa.

Él no sabía nada. Nunca sabría nada. Hay personas que van por la vida sin saber. Con sus comisuras intactas.

Se subió el cierre del overol y vi cómo reaparecía la mancha negra sobre su corazón. Una sombra, pensé. La sombra de ese corazón. Y con esa idea me giré y regresé a la casa.

Caminé de vuelta por el medio de la calle. No me crucé con ningún auto, con ningún animal, pero cuando llegué frente a la reja no me pude mover. Me pareció imposible que la llave que sostenía mi mano abriera esa puerta. Y que a un costado de la puerta, entre los matorrales, estuviera ese forado y la evidencia de la muerte de la Yany. Recordé esas manos, estas manos, metiendo el cadáver en la bolsa de basura. Estas mismas manos dejándola sola en el lavadero de la casa. Todo había sido verdad. Todo sigue siendo verdad.

Tal vez ustedes no me han entendido. A lo mejor todavía no saben de qué les hablo. ¿Han mirado un objeto fijamente hasta que los bordes de la realidad comienzan a vibrar? ¿Han pronunciado una palabra muchas veces hasta desintegrarla? Hagan la prueba, vamos. A ver si entienden de una vez la realidad y la irrealidad.

La Yany. La Yany. La Yany. La Yany. La Yany. La Yany. La Yany. La Yany. La Yany. La Yany.

La Yany estaba muerta. Mi mamá estaba muerta. Pero las muertes, sin excepción, vienen de a tres.

Ignoro qué hora sería. Las cuatro, las cinco. La noche continuaba cerrada. La señora dormía. A su lado, profundamente, dormía el señor. En la pieza contigua, la niña. Yo, en cambio, no volvería a dormir. Y había otros como yo, otros como el Carlos, otros que en las noches tampoco dormían.

Fui a la bodega, busqué una pala y volví al antejardín. Justo frente al forado por donde la Yany entraba y salía, donde yo misma la había matado, comencé a cavar un agujero. La tierra era rocosa y resistente, no se dejaba horadar. Intenté hasta que sentí mi cuello humedecido por el sudor. Apenas pude rasguñar la superficie y, agotada, me detuve. Miré el piso pedregoso, la pala en mi mano. Ese no era su lugar. No podía ser su lugar.

Salí a la calle y busqué a mi alrededor con la mirada. No tardé en encontrar un trozo de tierra a los pies del ceibo en flor. Comencé a cavar un hoyo grande, lo suficientemente ancho, a un costado de sus raíces. Allí, en la calle, en la que siempre había sido su casa. Tardé en hacer ese agujero. Cada palada me dolió. Nadie pareció oírme. Cuando terminé la fui a buscar al lavadero, alcé la bolsa y la llevé afuera. Saqué su cuerpo y lo deposité con cuidado en el fondo, como si le pudiera doler.

Me quedé mirándola un buen rato. El pelaje opaco, el esqueleto grabado sobre su piel, la espalda encorvada, las almohadillas de sus patas negras y callosas. La cubrí de tierra hasta el mismísimo borde, hasta que mi Yany desapareció.

Me puse de pie, me sacudí la tierra y constaté que las estrellas palidecían. El cielo comenzaba a cambiar de color; del negro a un violeta intenso. Vi que la cordillera asomaba del interior de esa oscuridad y pensé que esa montaña, pese a la noche, pese a que yo rara vez la miraba, seguía siendo verdad. Siempre sería verdad, sin importar quién la mirara. Y que tal vez, dentro de una negrura más profunda y verdadera, mi mamá y la Yany también seguirían siendo verdad.

Entré a la casa y puse a hervir agua para tomarme un té. El último té antes de irme. El ruido lo escuché en ese momento, justo cuando encendí el hervidor. Un sonido inusual, de aguas revueltas. Primero pensé que el aparato se había estropeado. Que la señora tendría que comprar uno nuevo. Casi pude escuchar su voz: Estela, otro aparato roto, ¿tienes manitos o hachitas? Pero escuché el ruido otra vez y entendí que venía del jardín trasero.

Fui hasta el comedor sin pensar en nada, ¿no les parece raro? Me encaminé sin anticipar y solo cuando me asomé por la ventana la vi: una mancha blanca en medio del agua.

¿Están prestando atención? De ser así tomen nota, esto es lo que vinieron a escuchar.

Primero dudé. No había dormido en toda la noche, recién amanecía y acaso por eso pensé: estás cansada, estás triste, no es nada, no puede ser. La niña duerme, me dije, en su cama, con su pijama celeste, con su trenza desarmada. Supongo que pestañeé varias veces, como si no pudiera entender lo que veía. Parecía un error, ¿me siguen? Una silueta blanca suspendida en el agua y el pelo ondeando como una mancha siniestra de petróleo. Su cara apuntaba hacia el fondo, sus brazos abiertos de par en par. Y fue como si toda esa agua estancada me devolviera la mirada a mí.

Tal vez pasaron unos segundos o a lo mejor fue más que eso. Segundos como horas. Días como años. Me quedé inmóvil al otro lado del ventanal. Eso sí lo confieso: mi reacción no fue la más oportuna. Solo podía pensar una cosa, un solo pensamiento intruso que repiqueteaba en mi cabeza. La niña muy pronto se despertaría y yo debía cepillarle el pelo, convencerla de comer un pan, de ponerse los zapatos, y si me sumergía en el agua, si me hundía en la piscina, me atrasaría y no alcanzaría a entibiarle la leche, a trenzarle ese pelo, a preparar el desayuno de sus padres y guardar las tazas con las tazas, las cucharas con las cucharas, los cuchillos con los cuchillos. Esa idea me descolocó. Y entonces sí la vi. Vi el cuerpo de la niña boca abajo en el agua de la piscina.

Corrí hacia fuera y, sin pensarlo, me zambullí. Con estas mismas zapatillas, con esta falda, con esta blusa, con mi pelo suelto y largo me hundí en el agua. Así es: la mujer que había cuidado a esa niña durante siete años, la que había cambiado sus pañales, atado sus cordones y refregado sus sobacos, la que había limpiado su caca, la que había jugado con ella, la mujer de la limpieza, la nana, que no sabía nadar, se tiró a la piscina.

El agua me envolvió y entró a borbotones por mi boca y mis narices. Me moví, agité los brazos, abrí los ojos allá abajo. Sombras, eso vi, y la silueta oscura de la niña. Me estaba ahogando, ¿entienden? Pronto moriría, mis pies no encontraban más que agua, solo agua entre mis dedos. Fue curioso ese momento. Que no sintiera temor. Solo un silencio interminable que poco a poco me rodeaba. Dejé de mover mis brazos, dejé de resistirme. Y lo que sentí fue una total serenidad. Me ahogaba en silencio. Todo había terminado. Los lunes, los martes, los miércoles, los jueves, los viernes, los sábados. Lo sucio y lo limpio. La realidad y la irrealidad.

No sé qué pasó. Nada, seguramente. Me dejé ir. Me dejé morir con ligereza. Mis piernas, sin embargo, comenzaron a moverse. Mis brazos, mis pies, se batieron contra el agua. Empecé a patalear desesperadamente con una sola idea en la cabeza:

No.

No.

No.

No.

Ignoro de dónde vino ese impulso, qué atizó ese deseo. Eso es todo lo que ocurrió, esas dos letras nada más. Eso bastó para arrastrarme como un anzuelo hasta la orilla.

Asomé la cabeza, me agarré del borde, apoyé mis antebrazos en las piedrecillas y respiré todo el aire de la ciudad, todo el aire del planeta. Tosí, cómo tosí. Solo después de un rato conseguí salir y me recosté boca arriba en un costado. Los ojos abiertos, perplejos, volvían a parpadear. Un tiuque con sus alas extendidas planeaba en círculos sobre la casa. Unas nubes pálidas sobrevolaban las ramas de los árboles. Y bajo las nubes y las ramas, bajo el vuelo de ese tiuque estaba yo, viva.

Respiré hondo muchas veces, hasta que el corazón dejó de golpearme el pecho. Me incorporé, estiré el brazo y tiré de la manga del vestido para acercar a la niña hasta la orilla. Me costó arrastrarla. El cinto que rodeaba su cintura se había atorado en el filtro de la piscina. Tuve que tirar con fuerzas para que se soltara. Quedó ahí, ese cinto rosado, flotando en el agua como una señal.

La alcé como pude, la agarré del brazo y ya fuera del agua la apoyé en el suelo. Mi impulso fue cerrarle los párpados. También le acomodé el vestido sobre las piernas y estiré los brazos a los costados de su cuerpo. Se veía hermosa, con ese vestido blanco que tanto había detestado. Hermosa con los párpados cerrados y la boca cerrada y la vida también cerrada.

La miré un largo rato, como a la espera de que despertara. Ya no despertaría. Los recuerdos que se habían grabado en su mente se desvanecerían con ella y yo también, porque yo era otro de esos recuerdos. No sé lo que sentí. Tampoco tiene importancia. Sí me pregunté si acaso echaría de menos sus canciones, sus carreras por el pasillo, su permanente exasperación. Y la respuesta fue sí, claro que la extrañaría. Y también fue no, por ningún motivo.

Me puse de pie y observé la casa desde el jardín trasero. Esa casa verdadera, con su terraza verdadera y sus piezas y sus baños también verdaderos. Solo entonces, de frente a la casa, los recordé: a la señora, al señor. Y me pregunté cómo recorrería esa desgracia la cara de ese hombre; cómo se incrustaría esa noticia en el rostro devastado de esa mujer.

Totalmente empapada recorrí el patio y entré a la casa por el comedor. Mis pasos mojaron la alfombra y el piso flotante del pasillo, manchándolo con aureolas oscuras que ya no tendría que limpiar. Seguí adelante y me quedé un segundo frente a la puerta de su dormitorio, pero no dudé demasiado y entré sin tocar.

La señora dormía boca arriba, su placa para los dientes manchada de sangre. El señor, ovillado como un niño, apenas roncaba. Ignoro cuánto rato los miré. Mis pies ya formaban un charco cuando comencé a sentir frío y me sobresaltó el despertador. Eran las siete de la mañana. Su día estaba a punto de empezar.

La señora tanteó la mesa y apagó el reloj. Se incorporó, se refregó los ojos y me pareció que dudaba de ellos. De sus ojos, quiero decir, y que por eso los frotó hasta que aparecí nítidamente frente a ella.

Qué pasó, dijo.

La frase fue más larga pero no la entendí. Su voz despertó al señor. Se incorporó alarmado. Él ya sabía lo que había ocurrido, claro que lo sabía. Miró a la mujer que estaba parada a los pies de su cama, tragó saliva y habló.

La Julia, dijo y se puso de pie.

Ninguno de los dos se atrevió a dar otro paso. Nadie dijo nada. Por primera vez en todos esos años me dieron el tiempo suficiente para encontrar la frase exacta. Y allí me quedé, muy quieta, como si ese día contuviera millones de horas y yo dispusiera, para hablar, de un plazo infinito.

Muchas veces, mientras estuve en silencio, me pregunté cuáles serían mis primeras palabras. Si acaso nombrarían algo nuevo o algo bello o si nunca más volvería a hablar y lo nuevo, lo bello, quedaría adentro, a salvo. Lo curioso es que salieran simplemente. Como si las palabras, una a una, resbalaran de mi boca. Fue una voz precisa la que brotó, llena y suave. Una voz enronquecida por el silencio pero que decía la verdad.

La niña está muerta, dije.

Y oí eso que dije.

No fui capaz de esperar su reacción.

Salí de la pieza al pasillo, del pasillo al antejardín, lo atravesé, abrí la reja y me fui de esa casa.

Primero caminé por la vereda a paso lento, indecisa, como si no supiera adónde ir. Mis pasos se afirmaron poco después y ya no pude parar.

Tomé la calle principal y crucé directamente a la bencinera. El Carlos, al verme, alzó su mano y sonrió. Luego vio mi ropa mojada, mi pelo aún estilando y su mano se quedó arriba, como si ya no la pudiera mover. Me pareció que dudaba antes de hablar, que no encontraba las palabras.

¿Estás bien?, eso dijo.

Me tomó las manos, pero se las quité. Las suyas estaban tibias y su tibieza me hizo notar el frío en las mías. Sentí mi ropa empapada. Mi pelo goteando sobre mi espalda. Mis pies húmedos al interior de estas zapatillas gastadas. Tenía derecho a saber, eso pensé mientras lo miraba. También él había querido a la perra, aunque la hubiese llamado por otro nombre.

La Yany está muerta, dije.

Comenzaba a hacer calor. Un calor seco, agobiante, del que no habría escapatoria. Me aclaré la garganta y volví a hablar.

Mi mamá también está muerta. Y la niña...

Me detuve. El trío se había completado.

El Carlos quiso saber qué había pasado. No contesté a esa pregunta. Qué importaba la causa. El tráfico, poco a poco, iba colmando la calle. Se juntaban los autos en una fila a la entrada de la bencinera.

Me voy al sur, dije de pronto.

Me gustó el timbre de mi voz. O tal vez me gustaron esas palabras que debí haber pronunciado muchísimo antes.

Seguía perplejo, el Carlos, sus ojos clavados en los míos. Y me pregunté si adentro, en mis ojos, ya era posible ver el campo, los manzanos, los zarapitos, el aguacero sobre el mar.

Un auto tocó la bocina para que el Carlos lo atendiera. Quería llenar el estanque. Que el empleado le limpiara el parabrisas. Que le revisara el aire y el aceite. Y dejarle una propina al final. El Carlos hizo un gesto con el brazo para que se fueran todos los que esperaban.

Noté su respiración agitada, su pecho colmándose de aire. Estaba vivo, eso pensé, y ese pensamiento me alegró. El Carlos volvió a hablar, esta vez con una voz más decidida.

Vamos al centro, dijo. Vamos ahora.

No entendí a qué centro se refería, el centro de qué, hacia dónde, pero tampoco pregunté. No había nada más que decir. Me iría de esa ciudad de una vez por todas.

Tomé la vereda y avancé decidida calle abajo. Esto probablemente ya lo sepan, pero el Carlos me siguió. No me giré en ningún momento, ya he dicho que no quería mirar atrás, pero él caminaba como una sombra a mis espaldas. No lo detuve, tampoco le hablé. Todo lo que quería era alejarme cuanto antes de esa casa. Que la pieza de servicio y la niña muerta también se alejaran de mí.

Quería olvidarlos, ¿entienden?, arrancármelos de la mente, pero por más que me apuraba ellos seguían ahí: el señor, su delantal blanco, los puños blancos de sus camisas; la señora frente al espejo escondiendo las primeras arrugas de su piel; y la niña, esa niña rabiosa que había aprendido precozmente a caminar, a hablar, a mandar a su empleada. La niña, sus ojos abiertos, su cuerpo hundido en la piscina; la niña a la que nunca debí querer y que quise de todos modos. Así somos, pensé, y pude oír la voz de mi mamá. Así somos las personas, me repetí y esa frase me dio un impulso.

Vi que una cuadra más allá comenzaba la autopista. Ya he dicho que en ese barrio no andaban micros y ese día no fue la excepción. Si caminar era la única manera de llegar a la terminal, eso haría, sí. No sé cuánto tiempo caminé. Los autos me zumbaban al oído, el sol se encumbraba a mis espaldas, la berma era angosta, peligrosa, pero no lo dudé. El Carlos tampoco me detuvo. Pregúntenle a él, que iba detrás. Yo solo miraba hacia delante, dispuesta a caminar hasta el campo, a cruzar nadando el canal. Salir, eso quería. Irme de esta ciudad amarilla y café a la que nunca debí haber venido.

Tras andar mucho rato, la autopista se hundió bajo la tierra. Todo se volvió oscuro y confuso. Un rugido ensordecedor. Llevaba unos pasos dentro del túnel cuando un camión me tocó la bocina. Asustada, me detuve. Me pesaban la ropa y los zapatos. No había aire allá abajo. Solo ruido, oscuridad, manchas de aceite sobre el asfalto. Los autos no dejaban de zumbar. No cesaban las bocinas. En ese momento dudé, esto sí lo recuerdo bien. No supe, anoten esto, si yo estaba verdaderamente ahí. Si continuaba en el mundo o el mundo había seguido su curso sin mí. Debían de haberme atropellado o algo aún peor: yo había salvado a la niña, la había arrastrado a la orilla, y ahora mi cuerpo yacía en el agua, boca abajo, con delantal, y la evidencia de mi muerte era mi lugar en ese túnel: demasiado lejos de la entrada y demasiado lejos de la salida.

Pero ahí estaba la salida, eso fue lo que me dije. La boca del túnel cada vez más grande, más cerca, más luz. Seguí avanzando por la berma, preguntándome qué habría ocurrido después. Si acaso la señora o el señor habrían llamado a la policía. O si al ver el cuerpo de su hija se habrían tomado muchas pastillas; él, ella, todas las pastillas desperdigadas en esa casa. O si quizás, cuando me fui, habrían buscado las balas en el césped. Y si la señora habría empuñado esa pequeña pistola y disparado una bala en el corazón de cada uno. Del padre y de la madre. Del marido y de la esposa. Del patrón y la patrona, finalmente mudos.

Afuera, la luz del sol me enceguecí. Me costó acostumbrarme pero la realidad poco a poco volvió a aparecer. Noté que ya no había grandes casonas. Tampoco parques ni veredas anchas. Tierra, eso vi. Polvo, eso sentí. Y gente, más gente de la que nunca había visto. Salían de los negocios, de las estaciones del metro, de los edificios y las oficinas.

No me extrañó al principio, qué sabía yo. Había caminado demasiado, trabajado demasiado. Solo quería llegar lo antes posible a la estación, así que seguí por un sendero al costado de lo que solía ser el río. El calor estrujaba las frentes de los desconocidos que me rodeaban y también del Carlos, que de pronto apareció junto a mí. Transpirado, rojo de calor, al borde de ese empedrado reseco.

Casi te matan, eso dijo y siguió andando a mi lado.

Junto a él había una mujer, luego otra, otro hombre. Tanta gente, eso pensé. Cada una de esas personas con sus trabajos, con sus horarios, con sus jefes. Parecían ir juntas al mismo lugar. Lo noté en ese momento. Todos juntos avanzaban en la misma dirección.

Caminé junto al Carlos hasta la Alameda y solo allí entendí lo que pasaba. Eran miles de personas, esto ya lo deben saber.

Miles de hombres y mujeres y miles más los que llegaban y repletaban la avenida. Noté que no sentía mis pasos. Que si hablaba no oía mi propia voz. Se confundían con los otros pasos, con los otros miles de voces. Era tanta gente que todas las casas y edificios debían estar vacíos. Salvo esa única casa. Esa casa con la televisión sintonizada en el canal de las noticias.

Nos entreveramos entre los cuerpos hasta que ya no fue posible avanzar. Me detuve y a mi lado el Carlos también se detuvo. Recuerdo bien su mirada, abierta, serena. Ese era el modo en que una persona debía mirar a otra.

El Carlos me agarró del brazo para que nos adelantáramos un poco. Yo no me quería mover. Me dolían las piernas, los pies, pero de todos modos avancé entre esos miles de cuerpos. No tardé en notar que los ojos me dolían. Algo rasposo en mis párpados me impedía ver más allá. Me refregué los ojos, ardían. Ardía la piel de mi cara. Debía ser el cansancio, eso pensé, hasta que vi un gas denso y blanco entrometerse por mis pies.

El aire se volvió duro, punzante, y solo entre parpadeos pude ver lo que ocurría a pocos metros. Camiones, uniformes, cascos, balizas. Aquí empieza la parte que ustedes conocen mejor que yo. Un estallido, otro. Insultos, gritos. Sentí que se me agujereaban los tímpanos, los ojos se me llenaban de humo. Un gas cada vez más denso me aguijoneaba los ojos. La voz del Carlos gritó una frase que no pude entender. Todo sucedió muy rápido. La gente corría a mi alrededor, intentaba escapar. También yo quise escapar, pero el miedo me agarrotó las piernas. No podía respirar. Me quedé inmóvil entre los gritos. Los de uniforme arremetían. La siguiente sería yo. El corazón me golpeaba en el pecho, ese era el único sonido, el latido de mi corazón y de pronto, una imagen. No es un desvío, créanme, fue exactamente así: mi mamá se tomaba un té y me miraba con el vapor empañando sus lentes y la Yany también me miraba echada a sus pies y la niña estaba junto a ella, acariciándole la cabeza. No tenía sentido mi miedo. Miedo a qué, a perder qué.

Comencé a correr entre la gente y vi que el Carlos seguía a mi lado. Me agarró la mano y tiró de ella para que corriera junto a él. Otros gritaban, huían, se acuclillaban tras los autos. Habían cortado la calle, se oían disparos, se olía el humo. Entre unas llamas vi que un quiltro le gruñía a los policías. Uno de ellos se acercó y largó una patada a la cabeza del animal. El perro enmudeció. Retrocedió espantado. Sentí que se me agitaba la respiración, que algo en mi pecho se quemaba. El Carlos me agarró, me miró de frente y dijo una sola palabra:

Corre.

Apuntó hacia una esquina. Nos desprendimos en un grupo más pequeño que se separó de la multitud. Enjambres de hombres, de mujeres iban de un lado a otro. Nos encontramos en una callejuela donde unos chicos desgajaban adoquines del suelo. Los arrancaban con chuzos, los agarraban y corrían al frente. Atrás, la policía. También adelante. Rodeados, pensé, y agaché la mirada.

Vi que debajo de los adoquines iba quedando la tierra negra, sin pisar. Lo recuerdo como un hallazgo en medio de tanta confusión: esa tierra negra y sobre ella, el Carlos, decidido. Agarró una piedra, se irguió y me miró de ese modo. Tenía los ojos llorosos por el gas, la mancha negra en su pecho.

Hasta cuándo, eso dijo o eso creo que dijo.

El ruido se volvió atronador, más gases nos rodearon. Al Carlos lo perdí de vista. No sé si lanzó la piedra o no. Hacía muchísimo calor. Tanto fuego, tanto sol, tantos cuerpos en el mismo espacio. Cuánta sed tenía. Cuánto tiempo había pasado. Cuántos desayunos, cuántos almuerzos. Cuánta limpieza, cuánta suciedad.

Sentí que los dedos se me crispaban. Los puños se me cerraban y abrían. Me agaché y también yo recogí una de esas piedras. Así es, lo reconozco, agarré un peñasco con mi mano.

Me vino entonces una sensación de la que quiero dejar constancia. Se abrió una herida en mis entrañas, aquí, justo aquí, y el dolor me forzó a detenerme. Entendí que irme sería imposible. No podría llegar a la estación. No partiría al sur. Unos minutos más y me desvanecería en el medio de esa calle. Era como si me incendiara, ¿saben? Como si yo también ardiera. Esto era lo último que podría exigir a mi corazón; lo último que les pediría a mis piernas.

Con la mano alzada sobre mi cabeza, agarré vuelo y corrí. Corrí como nunca antes había corrido. La mano que había usado tantas veces para cocinar y lavar y zurcir y planchar y que ustedes, en cambio, usarán para apuntar y juzgar, llevaba ese peñasco firmemente aferrado entre los dedos. Pero esa mano, a su vez, había dejado de ser mi mano. Era la mano gastada de mi mamá escogiendo las piedras en la playa, trenzando el pelo de otra niña, limpiando el baño, limpiando el piso, como también mis manos habían limpiado el baño, el piso. Y en el hueco de nuestra mano estaba ahora esa piedra que se desprendió de nosotras, de mí, con una fuerza descorazonadora.

Me detuve y alcé la vista. Sobre mi cabeza, bajo el sol, esa piedra volaba junto a otros cientos de piedras. No la oí caer. Fue imposible distinguirla. Me quedé quieta, agotada, sin saber adónde ir. Lo último que vi fue la cordillera. El cielo teñido de arreboles. Luego sentí un golpe en mi nuca y absolutamente nada más.

Desperté en este lugar. Y en esta sala abrí los ojos. No tengo recuerdos de cómo llegué. Ignoro cuánto tiempo estuve dormida. Tengo que haber soñado el descenso por esos peldaños empinados, piso tras piso, hacia una oscuridad cada vez mayor. También debe haber sido un sueño la visión neblinosa del campo, mi mamá y yo arando la tierra, sus manos y las mías en el barro, hasta que me dijo que debía irme porque tenía algo urgente que terminar.

El dolor en la nuca, aquí atrás, me arrancó de ese sueño. Creo que entonces les pedí agua, eso sí lo deben recordar. Y mientras esperaba, impaciente, desesperada por la sed, observé estas paredes descascaradas, la puerta cerrada desde fuera, el espejo tras el cual ustedes se esconden y tuve el siguiente pensamiento: nadie sabe resistir un encierro como yo.

Ignoro si habrá sido la asfixia, si el cinto del vestido le impidió nadar o si simplemente se dejó ir, como esos elefantes en la selva. O si murió, como la higuera, a causa del futuro insoportable que se desplegaba frente a ella. Ya no tiene importancia. No quiero hablar más de su muerte. Lo que no se nombra se puede olvidar y yo ya no quiero nombrarla.

He terminado, ¿entienden? Este es mi final. Dije que no les mentiría y he cumplido con mi promesa. Es hora de que cumplan con la suya y me dejen partir.

Necesito volver al sur, aunque mi casa esté vacía. A reparar el piso, el techo, a sembrar una nueva huerta. A cosechar maquis y manzanas, moras y grosellas. Y dormir cuando quiera dormir. Y comer cuando quiera comer. Y por la noche, ya acostada, sentir el golpeteo de la lluvia. Un aguacero largo, tupido, que me arrulle hasta el amanecer.

Ahora les pido, por favor, que se levanten de sus sillas. Sí, les hablo a ustedes una última vez.

Párense, busquen la llave y abran esta puerta.

Es una orden, así es. Una orden de la empleada.

Ya he terminado de hablar. He llegado al final de mi historia.

Ustedes, desde ahora, no podrán decir que no sabían. Que no vieron. Que no escucharon. Que ignoraban la realidad.

Así que levántense, vamos. He esperado lo suficiente.

Estoy aquí, adentro. La puerta sigue cerrada.

No los oigo al otro lado. Necesito que me abran.

¿Aló?

¿Me escuchan?

¿Hay alguien ahí?

Este libro
terminó de imprimirse
en Madrid
en febrero de 2023

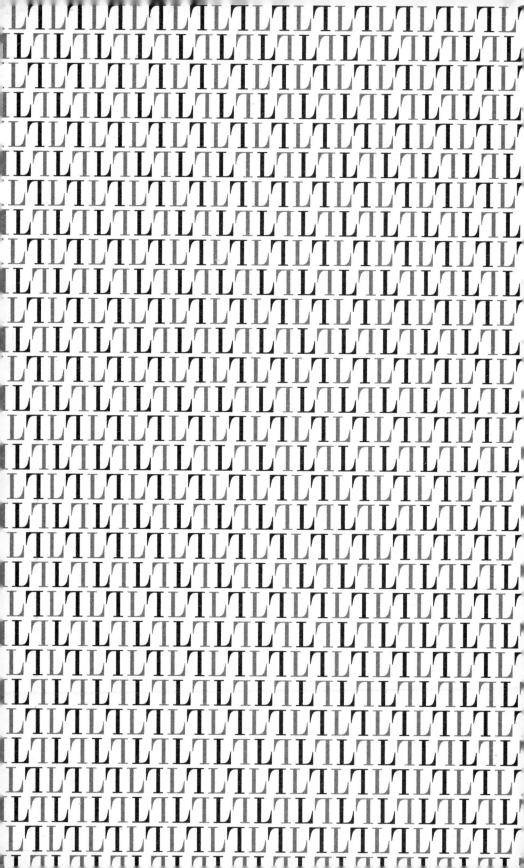